KB247788

Bravo Wonderful Life

청춘, 자신을 존중하고 축복하라

김옥림 지음

청춘들에게 띄우는 응원과 위안

청춘,
자신을 존중하고 축복하라
Bravo Wonderful Life

김옥림 지음

미래북
miraebook

자신을 행복한 VIP로 만들어라

어느 날 혜화동 거리를 지나는데 스물 두세 살 쯤 돼 보이는 청춘들의 입에서 "될 대로 되라고 해! 뭣 같은 인생이니까." 라는 말이 아무거리낌 없이 흘러나왔습니다. 생김새하고 옷 입은 것을 보니 그리 가난한 집 젊은이는 아닌 듯했습니다. 그런데 무슨 일인지는 모르겠지만 한창 푸릇푸릇한 청춘들이 그런 험한 말을 쏟아내는 것을 보면서 너무도 안타까웠습니다.

그렇게 말하는 데에는 필시 무슨 까닭이 있지 않을까, 하는 생각도 잠시 했지만, 그들뿐만 아니라 요즘 젊은이들의 입에서는 그 보다 더 심한 말도 거리낌 없이 나옵니다. 이것은 너무 생각 없이 스스로를 경멸하는 행위입니다.

실제로 인생을 불행하게 사는 사람들 중엔 자신에 대해 함부로 말하고, 스스로를 업신여기는 사람들이 많습니다. 자신을 우습게 여기는데 어떻게 행복할 수 있겠습니까.

이와는 반대로 행복하고 만족하게 사는 사람은 자신을 존중하고 사랑합니다. 자신을 스스로 사랑하고 존중하는데 왜 행복하지 않겠는지요. 그렇다면 어떻게 말하고 행동하는 것이 바람직한가는 확연해질 겁니다.

자신을 '행복한 VIP'로 만들고 싶다면 스스로를 소중히 여겨 사랑하고 존중해야 합니다.

말이란 그 사람의 인격을 측정하는 바로미터와 같습니다. 처음 보는 사람도 그 사람이 말하는 태도를 보고 그 사람의 됨됨이를 미루어 짐작합니다. 그만큼 말이란 매우 중요한 것입니다.

'말로 죄짓지 마라.'는 말이 있습니다. 또 '말이 씨가 된다.'는 말이 있습니다. 이는 무심코 하는 말도 함부로 해서는 안 된다는 것을 의미합니다.

그렇습니다.

그 만큼 한 마디 한 마디 말도 소중히 해야 하겠습니다.

독일의 철학자 프리드리히 니체는 "자신을 진정으로 사랑하기 위해서는 무엇인가에 최선의 노력을 다해야 한다. 자신의 다리로 높은 곳, 즉 목표를 향해 걷지 않으면 안 된다. 거기에는 고통이 따를 것이다. 그러나 그것은 마음의 근육을 단련시키는 고통이다."라고 했습니다.

참으로 명쾌한 말이 아닐 수 없습니다.

니체의 말처럼 인생을 축복으로 이끌기 위해서는 자신을 사랑하고, 자신의 능력을 다 바쳐 최선의 노력을 경주해야 합니다. 자신의 인생을 다른 누군가에 의지해 행복해지려 한다는 것은 치졸하고 어리석은 일입니다. 고통이 따르고 힘들고 어려워도 목표를 향해 스스로 걸어가야 합니다. 어떤 행복이나 성공도 고통이 따르지 않는 것은 없습니다.

의미 있는 인생은 의미 있는 생각과 말과 행동에서 옵니다.

이 책은 단 한번뿐인 인생을 멋지게 살고 싶은 이들에게 큰 위안과 용기와 지혜를 안겨줄 것입니다. 이 책에 있는 모든 이야기는 제가 살아오는 동안 부딪치고 겪었던 일들을 통해 깨닫고, 새롭게 발견한 '인생의 비타민'들입니다. 그러니 저마다의 마음에 새겨 행한다면 지금보다 더 멋지고 은혜로운 인생을 즐기며 살아가게 되리라 믿습니다.

살아있다는 것은 그 자체만으로도 행복한 일입니다.

이 책을 대하는 모든 분들의 삶이 풍요로워지길 간절히 기원합니다.

2011년 8월 참 맑은 날

김 옥 림

Contents

|제2부|

자기에게 절대 지지 마라

Contents

|제4부|

사랑하는 사람을 위해
너의 뜨거움을 바쳐라

제 1부

아름다운 청춘

01 아름다운 용기

　　　　　　　　　어느 날 길을 가다 아주 재미있는 광경
을 목격했습니다. 도심지 한 복판 대로변에 현수막이 걸려 있었는데,
거기엔 '미정아, 나 밉지? 그래도 용서해주라.'라고 쓰여져 있었습니
다. 순간, 젊은이들의 풋풋한 사랑이 떠올랐습니다.

　추측하건데 그들은 서로 사랑하는 연인이었는데 어떤 일로 둘 사
이에 문제가 생겼고, 문제를 일으킨 사람은 정황으로 보아 남자 친구
였던 것 같습니다. 그는 자기의 잘못을 그냥 참고 넘기기에는 매우 심
각했던 모양이지요. 그래서 여자 친구에게 자신의 잘못을 빌었지만
여자 친구가 받아주지 않았던가 봅니다. 모르긴 몰라도 선물 공세도

폈을 테고, 납작 엎드려 두 손을 모아 싹싹 빌기도 했을 겁니다.

하지만 여자 친구가 받아주지 않자 마지막 방법으로 선택한 것이 많은 사람들이 북적이는 대로변에 현수막을 내걸어 용서를 구하기로 한 것이겠지요. 그것을 보면서 문득 떠오르는 이야기가 있습니다.

너무도 사랑하는 남녀가 있었습니다. 그런데 여자는 어릴 적 소아마비를 앓아 한쪽 다리를 절었습니다. 게다가 나이도 남자보다 4살이나 많았습니다. 그에 비해 남자는 반듯한 외모에 건강한 몸과 실력을 갖춘 사람이었습니다. 둘은 결혼을 약속하고 양가 부모를 만났습니다. 여자의 부모는 매우 만족해하며 좋아했지만 남자의 부모는 일언지하에 거절했습니다. 그러자 둘은 날마다 남자의 부모를 찾아가 무릎을 꿇고 눈물로써 애원했습니다.

1년여의 시간이 지났습니다. 하지만 상황은 변하지 않았습니다.

여자는 자신으로 인해 남자가 불행해지는 것을 더 이상 볼 수 없어 이별을 생각하며 며칠을 눈물로 보냈습니다. 그리고는 아픈 마음을 삼키며 이별을 통보했습니다.

그러나 남자는 헤어질 수 없었습니다. 그는 사랑을 위해 장남으로써 받게 될 상속권까지 포기하기로 하고, 반쪽짜리 결혼식을 올렸습니다. 남자의 행동에 대해 그를 아는 대부분의 사람들은 무모하다고 비판했고, 극히 일부만 참된 사랑이라고 격려했습니다.

그들은 보통 사람들이 갖는 보편적인 조건을 떠나 사랑 하나만으로 새로운 인생을 선택했고, 그 후 많은 노력 끝에 남자 부모로부터 인정받았고, 지금은 행복하게 살고 있습니다.

깜찍한 현수막 앞에서 나는 사랑하는 여자 친구의 마음을 되돌리기 위해 자신의 체면을 휴지조각처럼 날려버리는 남자의 행동이 아름답다고 느꼈습니다. 그 현수막을 가족은 물론이고 친구와 이웃사람들까지 보게 되어 어쩌면 놀림감이 될 수 있을 것인데 그것을 감수하고서라도 여자 친구의 마음을 되돌리려고 했으니 어찌 아름다운 용기라 아니 하겠는지요.

T. 쾨르너는,

"사랑을 함으로써 인생이 아름다워지고, 비로소 자신이 살아있음을 알게 되었다."

고 했습니다.

그렇습니다. 사랑은 모든 것을 가능하게 하고 모든 것을 아름답게 하지요. 그러기에 현수막까지 내건 젊은이가 택한 사랑도, 장애를 가진 여자를 아내로 택한 남편의 사랑도 영롱한 별이 되어 여러 사람들의 마음에서 반짝입니다.

청춘은 젊다는 이유 하나만으로도 일곱 빛깔 무지개보다도 아름답고, 지구상에 존재하는 어떤 꽃보다도 아름답습니다.

'성년부중래成年不重來'라는 말이 있습니다.

청춘은 한번 지나가면 두 번 다시 오지 않는다는 뜻입니다.

이 좋은 시절, 사랑하는 사람을 위해 모든 것을 걸고 열정을 다하십시오. 설령 목숨을 거는 일이 생길지라도 온 몸과 마음으로 사랑하고 또 사랑하십시오. 사랑은 일생을 두고 가장 풍요롭고 행복한 선물이니까요.

02 하고싶은일을하라

　　　　　　하고 싶은 일을 하는 것은 행복한 일
입니다. 하고 싶은 일을 하면 힘이 들어도 재밌고, 결과가 생각보다 못
해도 그다지 언짢지가 않습니다. 하고 싶은 일을 하는 것만으로도 마
음이 충분히 흡족해지기 때문이지요. 내가 이렇게 생각하는 것은 나
역시 내가 하고 싶은 일에 몰입할 때 큰 만족감과 행복감을 갖기 때문
입니다.

　　우리나라 직장인들 중 자신의 전공을 살려 일하는 사람들과 그렇
지 않은 사람들의 비율을 보면 그렇지 않은 사람들이 월등히 많습니
다. 옷에다 몸을 맞추는 것만큼이나 부자유스러운 일이지요. 목구멍

이 포도청이니 어쩔 수 없는 일입니다.

그러다보니 자신을 불행하다고 여기는 젊은이들이 많습니다. 그래서 삶에 마이너스적인 요소로 작용하게 되고, 마음 한 구석엔 늘 사표를 간직한 채 살아갑니다.

자신이 하고 싶은 일을 하지 못하는 데는 여러 요인이 있습니다. 그 중 제일 큰 원인은 아마도 경제 문제일 겁니다. 안타깝게도 그놈의 돈이 자신이 하고 싶은 일을 하지 못하게 한다는 것이지요. 일에 대한 만족감보다는 수입에 대한 양을 우선시하다 보니 자신이 하고 싶은 일이 뒷전으로 밀릴 수밖에 없는 것입니다.

영화 프로듀서 김효정.

그녀는 우리나라 여성으로서는 세계 5대 사막 레이스를 완주한 유일한 사람입니다. 섭씨 50도가 넘는 사막에서 레이스를 한다는 것은 강철 같은 몸을 가진 남자도 힘든 일이지요.

그녀가 이처럼 엄청난 일에 뛰어든 것은 너무나 도전해보고 싶은 욕망 때문이었습니다. 그녀는 체력을 기르기 위해 일 년 동안 꾸준히 수영을 했고, 왕복 40km가 되는 거리를 자전거로 출퇴근했습니다.

또한 일주일 분의 먹을거리를 메고 다녀야 하는 레이스에서 배낭의 무게를 감당하기 위해 평소 촬영현장에서 늘 배낭을 메고 다녔지요. 그렇게 준비를 마친 그녀는 2003년 모로코 사하라사막 마라톤을 시작으로 2005년에는 중국의 고비사막을, 2006년에는 남미 칠레의 아타카마사막을, 2007년에는 이집트 사하라사막을, 2008년에는 남극까지 완주했습니다. 여기서 남극이 사막 레이스에 포함된 것은 식물이 살 수 없는 한랭사막으로 간주하기 때문입니다.

지금까지 전 세계적으로 47명만이 5대 사막 레이스를 완주했고, 여성은 그녀를 포함해 단 3명뿐입니다.

사막 레이스는 일주일 동안 250km를 달려야 하는 매우 혹독한 레이스입니다. 그렇다면 그녀는 왜 이처럼 엄청난 일에 자신을 걸었을까요? 그것은 남들이 보기에는 무모하고 쓸데없는 일처럼 보일지 모르지만 그녀에겐 꼭 하고 싶은 일이었기 때문이었습니다.

그녀는 무슨 일이 닥칠지 모르는 극한상황에서도 자신에 대한 믿음을 버리지 않았고, 당당하게 성공할 수 있었습니다.

그녀는 이렇게 말합니다.

"레이스를 펼치고 나면 인생관이 바뀝니다. 그리고 노동의 소중함과 돈의 소중함 등 모든 것에 대한 중요함을 깨닫게 되지요."

그녀에겐 새로운 꿈이 있습니다. 세계 최초로 2,400km가 넘는 히

말라야 14구좌를 연결하는 패러글라이딩을 하는 것입니다.

그녀는 현실에 안주하는 것을 지극히 경계합니다. 현실에 안주한다는 것은 더 이상의 꿈을 포기하는 것이기 때문이지요.

자신이 하고 싶은 일을 하기 위해 과감히 나서는 청춘을 볼 때면 가슴이 뛰는 전율을 느낍니다. 자신이 하고 싶은 일을 하는 것은 진정 살아있음의 소중함을 가장 생생하게 체험하는 일입니다.

진정한 삶의 가치와 기쁨을 얻고 싶다면 자신이 하고 싶은 일을 해야 합니다. 그것이 어떤 것이라 해도 상관없습니다. 남들이 보기에 하찮고 대수롭지 않아 보이면 뭐 어떻습니까. 수입이 좀 적어도 괜찮습니다. 자신이 하고 싶은 일을 한다는 것, 그 자체가 돈이 채워주지 못하는 만족감을 채워주니까요.

내가 행복하고 만족하면 됩니다.

자신이 하고 싶은 일에 목숨을 거세요. 목숨 걸고 하는 일처럼 행복한 일은 없을 테니까요. 한 가지 가슴에 새길 것은 남에게 의존하여 행복을 얻으려고 하지 말아야 한다는 것입니다.

나의 행복은 내가 만들어야 합니다. 그래야 오래 가고, 보람이 있고, 뿌듯한 성취감이 있습니다. 남에게 의존해서 얻는 행복은 바람에

날리는 먼지와 같아서 쉬 날아가버리고 말지요. 그것을 잊어서는 안
될 것입니다.

Bravo Wonderful Life

청춘은 그 이름 하나만으로도
얼마나 좋은 것이냐
젊다는 것보다 더한 축복이 어디 있으랴

03 청춘의 서書

생명이 여러 개라면 이런 사랑, 저런 사랑, 골고루 맘껏 해볼 수 있을 텐데 유감스럽게도 하나님께서는 단 한번뿐만의 생명을 주셨습니다. 이는 누구에게나 공통적으로 적용되는 법칙이지요. 진시황제가 아무리 불로초를 구해오라고 야단법석을 떨었지만 결국은 100년도 못살고 죽고 말았습니다. 이처럼 유한한 게 인생입니다.

그런데 뭐가 그리도 잘 나고, 특별하다고 나만 보아달라고 거들먹거리며 오만하게 사는 사람들이 있습니다. 그럴 필요가 있을까요? 후회 없는 인생은 그 어디에도 없겠지만 그래도 후회의 폭을 줄여 살고,

사랑해야 하지 않을까 생각합니다.

　나 또한 이 글을 쓰면서 잘한 일보다는 잘못한 일이 더 많았다는 걸 사무치게 느낍니다.

　나는 젊은 시절, 인생은 언제나 푸릇푸릇한 오월의 숲인 줄로만 알았습니다. 내 자리는 언제나 황금빛으로 빛나고.

　그러나 아, 그것이 오만하고 방자한 생각이라는 것을 뒤늦게야 알았고, 그 사이 내 인생의 강물은 청춘의 푸른 숲을 나도 모르게 지나왔다는 것을 확인하고는 깊은 실의에 잠긴 적이 있습니다.

　이제 더 이상 내 청춘의 버스는 오지 않는다는 것을 알고 있습니다. 그래서 더욱 열정적으로 자신을 사랑하고 싶어 하루하루 열심히 일을 하며 살고 있습니다.

　그렇지만 늘 부족함을 느끼고, 내가 기울인 노력만큼 결실이 없어 조바심을 내며 실망하는 때도 있습니다. 어쩌면 이것이 내 능력의 한계일지도 몰라 때때로 슬프고, 아득한 나락에 빠지기도 합니다. 그럼에도 불구하고 나는 나 아닌 독자들의 인생에 소망을 심어주고, 보잘것없지만 내 도움을 필요로 하는 이들에게 작으나마 나의 힘을 보태주며 살고 싶습니다. 내 운명의 신이 나를 외롭고 슬프게 하더라도 그것까지도 감사하게 받아들이면서 말입니다.

나는 영원한 청춘으로 살고 싶습니다. 그래서 나이를 생각하지 않으려고 합니다. 나이를 따지다 보면 공연히 남의 눈치를 보게 되고, 그래서 하고 싶은 일도 하지 못하게 되는 경우가 종종 있기 때문입니다.

영원한 청춘으로 살고 싶은 간절한 마음을 담아 쓴 〈청춘의 서書〉라는 졸시를 소개하고자 합니다. 많은 사람들이 이 시를 읽고 공감하며 영원한 청춘으로 살았으면 좋겠습니다.

청춘!
청춘은 그 이름 하나만으로도
얼마나 좋은 것이냐
젊다는 것보다 더한 축복이 어디 있으랴
나에게 수백 억을 주고
막강한 권력을 손에 쥐어준다 해도
나는 청춘을 택할 것이다
청춘이라는 생동감 넘치는 말에도 나는
온몸과 마음으로 전율하고 전율한다

청춘!

가슴을 뜨겁게 하는 이 처연하도록 아름다운 말

이토록 절절한 환희를

내 어찌 사랑하지 않을 수 있으랴

청춘이란 글자만 봐도 가슴이 설렌다

청춘을 보는 것만으로도 활력이 넘친다

청춘을 함부로 여기지 마라

오늘 죽을 듯이 네 청춘을 사랑하라

두 번 다시 오지 않을 청춘을 위해

오늘이 마지막인 것처럼

뜨겁게 뜨겁게 너를 사랑하고 너를 살고

불덩이 같은 너의 가슴을 끌어안고

흔들림 없이 너의 길을 가라

아름다운 이 땅의 청춘들이여,

영원한 청춘을 살아라

04 나를 돌아보는 마음

내 마음속엔 유배지가 있네

나를 스스로 가둬 놓는

걸어서는 갈 수 없는 내 마음의 유배지

나의 심사心思가 나를 허망하게 할 때나

욕심이 깊어져

나의 판단력을 흔들리게 할 때나

남을 탓하고 미워하는 마음이

내 맑은 영혼을 주름지게 할 땐

나를 내 마음의 유배지에 가두네

생이 깊어갈 수록

내 마음의 유배지에 갇히는 날이

점점 늘어만 간다는 것은

나를 치욕적이고 비감悲感하게 하느니

내 마음의 유배지여,

무정無情한 내 길이 거침없이 나를 흔들어대고

나를 버리지 못해

내 인생의 어깨가 무거워질 땐

너의 팔을 뻗어 더는

미혹에 빠지지 않도록 나를 지켜다오

준엄하게, 그러나 조금은 가볍게

내 마음의 유배지여

이는 〈내 마음의 유배지〉라는 나의 시입니다.

주제는 반성하며 살겠다는 것입니다.

이 시를 쓰게 된 동기는 이렇습니다.

20대를 지나고, 30대, 40대를 지나고 50대에 이르렀어도 삶은 크게 다르지 않다는 겁니다. 내가 20대에 겪었던 삶도, 30, 40대에 겪었던 삶도 50대를 사는 지금도 환경만 바뀌었지 삶의 본질은 같다는 것입니다.

삶이 본질은 어떻게 하면 사람다운 삶을 사는가, 하는 것입니다. 다시 말해 삶을 가치 있게 사는가 하는 것이지요. 사람답고 가치 있게 사는 것은 나의 행복한 삶을 타인에게 나누어주며 사는 것입니다. 이러한 삶의 본질은 시대가 아무리 급변한다고 해도 변할 수 없는 불변의 가치입니다.

다만 나이가 들어 다른 게 있다면 삶을 좀 더 관망하며 여유로운 마음을 갖게 되었다는 것입니다.

젊었을 땐 어떤 일을 할 때 조급해하고 전전긍긍하며 빨리 결과를 보려는 욕심에 빠지다보니 실수를 연발하고, 그 실수에 대한 책임을 타인의 탓으로 여기는 삼류 인생이나 하는 짓거리를 당연하게 했었지요. 그러다보니 삶에 대한 성찰이 서툴기 그지없었습니다. 이런 마인드로 일관하다보면 삶의 본질을 벗어날 수밖에 없습니다.

20대엔 자기 성찰에 미숙합니다. 생각이나 마음이 여물지 못하기 때문입니다. 그러다가 30, 40대로 넘어서면 조금은 나아지는 면모를 보입니다. 그러다 하늘의 뜻을 안다는 지천명에 들면 조금은 더 여문 자세를 갖게 되지요.

하지만 그 역시 삶을 관조하는 눈을 기르지 않는 한 크게 달라지는 것은 없습니다.

나는 이를 알고 나서 내 자신에 대해 좀 더 엄격하게 대합니다. 그리고 내 자신에게 만족하지 못하면 스스로를 마음의 감옥에 가두지요. 말하자면 내 마음의 유배지에 나를 몰아넣는 것입니다. 즉 철저한 자기반성을 하는 겁니다. 요즈음은 나를 귀양 보내는 일이 적어지도록 노력합니다. 그런데 아직도 성에 차지 않으니 수양이 부족한 게 아닌가 생각합니다.

나는 청춘들이 자신에 대해 좀 더 여유 있는 마음을 가졌으면 합니다. 자신이 잘못하는 것이 무엇 때문인지를 살피는 눈을 기르고, 자신에게 좀 더 엄정하게 대한다면 마음의 여유를 갖게 될 것입니다.

인간은 본시 자각하는 존재이며 자각함으로써 거듭난다는 것을 잊지 않았으면 합니다.

05 자신을 사랑하고 축복하라

인생을 행복하게 살고 싶다면 자신을 사랑하고 축복해야 합니다.

그렇게 하면 세상도 자신에게 은총을 베풀어 줍니다. 하지만 자신을 하찮게 여기면 세상도 자신을 하찮게 여깁니다.

이 세상에서 자신보다 더 소중한 사람은 없습니다. 그런데 자신을 스스로 깎아내리고 우습게 여기는 사람들이 있습니다. 그런 사람 입에서는 늘,

"누구는 잘 나가는데 나는 왜 요모양 요꼴이야!"

"나는 차라리 태어나지 않은 것이 더 좋았을 거야!"

"내 미래는 안개가 낀 것처럼 불투명해. 아, 하루하루가 왜 이리도 힘든 것일까?"

라는 불평불만이 끊이질 않습니다. 스스로 자신을 형편없는 좀팽이로 만들어버리는 것입니다.

이런 어처구니없는 일을 반복하면서 한편으로는 자신이 잘 되고 행복해지길 바랍니다. 모순의 악순환을 거듭하면서 하루하루를 죽이기 때문에 오던 성공이나 행복이 다른 곳으로 가버리는 것입니다.

자신을 사랑하고 축복하는 것은 자신에게 주어진 삶을 사랑하는 것입니다. 그런 사람은 매사에 최선을 다합니다. 소중한 인생을 그릇칠 수 있다는 것을 알기 때문입니다.

"자신을 진정으로 사랑하는 것은 최선의 노력을 다하는 것이다. 자신의 다리로 높은 곳, 즉 목표를 향해 걷지 않으면 안 된다. 그러려면 고통이 따르는데, 그것은 마음의 근육을 단련시키는 고통이다."

독일의 철학자 프리드리히 니체의 말입니다.

이 말에서도 알 수 있듯 자신을 사랑하고 축복하기 위해서는 자신이 하는 일에 최선을 다해야 합니다. 그리고 어떤 시련과 고통도 꿋꿋이 참아내야 합니다.

노력 없이 자신을 사랑하고 축복한다는 것은 어불성설입니다.

자신을 사랑하고 축복하는 일은 땀을 흘리는 일입니다.

그냥 행복이 오기를 기대하는 것은 요행입니다. 그것을 축복이라고 착각하는 것을 경계해야 합니다.

삶을 성공적으로 이뤄낸 사람들의 가장 돋보이는 특징은 바로 자신을 사랑하고 축복했다는 것입니다. 그들은 자신을 누구보다도 사랑했습니다.

자신을 사랑하고 축복하면 몇 가지 긍정적인 변화가 일어나게 됩니다.

첫째, 자신을 더욱 아끼고 사랑하게 됩니다.

둘째, 목표가 뚜렷하고 실천력이 강해집니다.

셋째, 모든 일에 감사하며 살게 됩니다.

넷째, 언제나 꿈을 잃지 않습니다.

다섯째, 자선하는 일을 즐거워하게 됩니다.

"자기의 인생을 완성시키려면 먼저 스스로를 축복하라."

니체의 말입니다.

인생을 완성시키는 일은 곧 성공적인 삶을 의미합니다. 니체의 말처럼 인생을 완성시키기 위해서는 자신을 사랑하고 축복해야 합니다. 노력하지 않으면 어떤 행복이나 성공은 오지 않으니까요.

삶의 목적을 잃어버린 청춘들이 길을 잃고 방황하고 있습니다. 우리나라 사람들의 자살률은 OECD(국제개발경제협력기구)에서 1위입니다. 매우 불유쾌한 일이 아닐 수 없습니다.

용기를 잃고 자신을 함부로 여겨서는 안 됩니다. 스스로를 사랑하고 축복해야 합니다. 자신이 사랑하고 축복하지 않으면 누가 자신을 사랑하고 축복해주겠는지요. 자신에 대해 사랑과 축복하는 마음을 갖고 최선을 다하십시오. 그러면 길은 반드시 열릴 것입니다.

니체는 열정과 의지로 불태우며 살다간 영원한 청춘이었습니다. 그가 한 시대를 풍미할 수 있었던 것은 자신의 말처럼 스스로를 사랑하고 축복했기 때문입니다.

인생은 레드 카펫이 깔려 있는 멋진 길이 아닙니다. 그렇게 사는 것은 오직 자기만이 할 수 있습니다. 그것을 항상 잊지 마십시오. 잊는 순간 자신의 인생도 쓸쓸히 마침표를 찍고 말 것입니다.

06 행복의 가치관

사랑이 그리운 날엔

호수처럼 고요한 하늘을 본다

금방이라도 눈물을 쏟을 것 같은

그대 맑은 눈을 닮은 하늘

그 하늘엔 그대의 순수가 빛나고 있다

내 가는 길이 때로 눈물겨울 때

돌아서서 고개 숙이고 발끝을 내려다보며

무언의 생각에 잠겨 있을 때

지난날의 실수를 괴로워하며

스스로를 나무랄 때

작은 것의 소중함을 잊고

오만에 찬 자신의 모습을 바라볼 때

잠시라도 경멸의 눈빛으로 삶을 방관할 때

이런 날엔 못 견디게 누군가의 사랑이 그립다

사랑이 그리운 날엔 두 손을 모으고 눈을 감는다

내 마음 문을 열고 별빛을 쓸어 담아

잠시라도 감사했던 이들에게

내 작은 사랑 노래를 보내나니

누군가의 사랑이 그리운 날엔

행복했던 순간을 엮어

서로가 서로에게 풀꽃 편지를 쓰자.

이 시는 나의 〈사랑이 그리운 날엔〉입니다.

살다보면 어느 날 문득 보고 싶은 사람들의 얼굴이 떠오르곤 합니다. 그 얼굴들 중엔 첫사랑도 있고, 스승도 있고, 그리운 친구도 있고,

정다웠던 이웃들도 있습니다.

이처럼 때때로 보고 싶은 얼굴들을 떠올리고 그리움에 잠기는 것은 사람은 그리움을 먹고 사는 동물이기 때문입니다.

그리움이 없는 가슴엔 사랑이 없고, 사랑이 없는 가슴엔 그리움이 없습니다. 그리움이 많다는 것은 그만큼 마음이 맑고 순수하며, 많은 사랑을 품고 산다는 것입니다.

내가 이 시를 쓰게 된 동기도 어느 날 불현듯 지난 시절이 생각났고, 그때의 사람들이 못 견디게 그리워진 데 있었습니다. 그 순간을 떠올리며 편지가 쓰고 싶어졌고, 감흥이 그대로 느껴졌습니다. 그 감흥을 살려 쓴 시가 바로 이 시입니다.

나는 이 시를 쓰는 동안, 그리고 쓰고 나서도 한참 동안이나 행복한 감정에 잠길 수 있었습니다. 그 행복했던 순간이 그대로 내 가슴에 녹아 있었기 때문입니다.

사람은 누구나 행복하게 살 권리가 있고, 그래서 행복하게 살아야 합니다. 그런데 행복은 그냥 오는 것이 아니라 노력의 결과물입니다.

행복하고 싶다면 행복해지기 위해 노력해야 합니다. 그런데 나중에 행복하기 위해 지금은 행복하지 않아도 된다고 생각하지 말아야 합니다. 나중에 잘 먹자고 지금 배를 곯을 수 없듯 행복도 마찬가집니다.

지금 행복해야 합니다. 그래야 나중에도 행복할 수 있는 것입니다.

많은 사람들은 행복을 큰 것에서 찾으려고 합니다. 많은 돈, 높은 자리, 좋은 집, 비싼 자동차 등 큰 것에서 행복을 얻으려고 하는데 그러지 마십시오. 큰 것에서 행복을 찾다보면 행복할 수 없습니다. 작은 일에서 행복한 마음을 가질 때 더 많은 행복감을 누릴 수 있습니다.

작은 일에 기뻐하고, 감사하고, 지금 주어진 일에 최선을 다하십시오. 우리는 모두 행복해지기 위해 태어난 소중한 인생입니다.

07 지금 하라

할 일이 생각나거든 지금 하십시오.

오늘 하늘은 맑지만 내일은 구름이 보일지 모릅니다.

어제는 이미 당신의 것이 아니니, 지금 하십시오.

친절한 말 한마디 생각나거든

지금 말하십시오.

내일은 당신의 것이 안 될지도 모릅니다.

사랑하는 사람이 언제나 곁에 있지는 않습니다.

사랑의 말이 있다면

지금 하십시오.

미소를 짓고 싶거든

지금 웃어 주십시오.

당신의 친구가 떠나기 전에

장미는 피고 가슴이 설렐 때

지금 당신의 미소를 주십시오.

불러야 할 노래가 있다면

지금 부르십시오.

당신의 해가 저물면 노래 부르기엔

너무나 늦습니다.

당신의 노래를 지금 부르십시오.

이 시는 로버트 해리의 〈지금 하십시오〉입니다.

나는 이 시를 읽을 때마다 늘 새로움을 느낍니다. 그리고 그때마다 나를 돌아보게 됩니다. 지금 나는 잘 살고 있는지, 시간을 허투루 보내지는 않는지에 대해 스스로에게 질문을 합니다. 그래서 잘못 산다고 생각할 땐 가차 없이 내 자신에 대해 이렇게 힐책하지요.

"너는 네 자신을 함부로 하지 마라. 네게 주어진 시간은 너만의 것이 아니라 너와 함께 하는 모든 사람들의 것이다. 그런데 어떻게 무책임하게 오늘을 보낼 수 있지?"

내 자신을 스스로 야단치고 나면 정신이 번쩍 듭니다. 그럴 때마다 나는 겸허한 마음으로 지금의 순간을 사랑하게 됩니다.

캐나다의 도보 여행가 장 벨리보.

그는 10년 동안 전 세계를 누비며 여행을 했습니다. 지구 둘레의 한 배 반이 넘는 거리를 도보로 여행을 한 것입니다. 여행을 하는 중에 거리에서도 자고, 남의 집에서도 자고, 창고나 헛간에서도 잤습니다. 밥은 빵이나 계란, 그리고 현지인들로부터 음식을 얻어먹으며 해결했다고 합니다.

그가 10년에 걸친 세계여행을 시도한 것은 자신의 삶에 새로운 변화를 주기 위해서라고 합니다. 자신을 새롭게 발견하기 위한 그의 시도는 아내를 비롯한 자식들의 열렬한 응원에 힘입은 것이었습니다.

그의 얘기는 세계적으로 널리 알려졌고, 그래서 가는 곳곳마다 뜨거운 환영을 받았습니다. 세계를 도보로 여행하는 그의 용기는 전 세계인들의 마음에 감동의 물결을 일으킨 것이지요.

그는 매우 긍정적이고 성격이 밝은 사람입니다. 온몸을 쥐어짜는 뜨거운 태양 아래에서 비가 내리는 질퍽한 길을, 눈이 쌓인 춥고 미끄러운 길을 걸으면서도 늘 웃으며 여행을 즐겼으니까요.

그가 그 엄청난 일을 시도할 수 있었던 것은 더 늦으면 자신의 꿈을 이룰 수 없다고 생각했기 때문이지요. 시간은 사람을 기다려주지 않는다고 생각한 것입니다. 그래서 45세라는 적지 않은 나이에도 불구하고 10년 동안이나 줄기차게 걸어 마침내 자신의 꿈을 이룬 것이지요.

로버트 해리의 〈지금 하십시오〉는 지금이란 시간의 소중함을 어렵지 않은 시어로 잘 보여줍니다.

지금이라는 순간을 가볍게 여기면 안 됩니다. 순간이 모여 오늘이 되고, 내일이 되고, 일주일이 되고, 한 달이 되고, 일 년이 되고, 백년이 되고, 천년이 되는 것입니다.

도연명은 '세월부대인歲月不待人'이라고 했습니다. 시간은 사람을 기다려주지 않는다는 말입니다.

그렇습니다.

시간은 절대로 멈추는 법이 없습니다. 그리고 뒤로도 가지 않습니다. 오직 앞으로만 가는 에고이스트입니다.

하고 싶은 일이 있으면 지금 당장 하십시오. 더 이상 미루는 것은 무책임한 일이며 시간에 대한 모독이고, 배반입니다.

행복한 삶을 살고 싶다면 시간에 대해서 예의를 다해야 합니다.

Bravo Wonderful Life

아름다운 청춘이란
자신이 무엇을 해야하는지를 알고,
늠름히 자신의 길을 가는
젊은이를 말합니다.

08 아름다운 청춘

청춘이란 인생의 어떤 기간 아니라 그 마음가짐이라네.

장밋빛 뺨, 붉은 입술, 유연한 무릎이 아니라

늠름한 의지, 빼어난 상상력, 불타는 정열,

삶의 깊은 데서 솟아나는 샘물의 신선함이라네.

청춘은 겁 없는 용기, 안이함을 뿌리치는

모험심을 말하는 것이라네.

때로는 스무 살 청년에게서가 아니라

예순 살 노인에게서 청춘을 보듯이

나이를 먹어서 늙는 것이 아니라
이상을 잃어서 늙어 간다네.

세월의 흐름은 피부의 주름살을 늘리나
정열의 상실은 영혼의 주름살을 늘리고
고뇌, 공포, 실망은 우리를 좌절과 굴욕으로 몰아간다네.

예순이든, 열다섯이든 사람의 가슴속에는
경이로움에의 선망, 어린이 같은 미지에의 탐구심,
그리고 삶에의 즐거움이 있기 마련이네.

또한 너나없이 우리 마음속에는 영감의 수신탑이 있어
사람으로부터든, 신으로부터든
아름다움, 희망, 희열, 용기, 힘의 전파를 받는 한
당신은 청춘이라네.
그러나 영감은 끊어지고
마음속에 싸늘한 냉소의 눈은 내리고,
비탄의 얼음이 덮여 올 때

스물의 한창 나이에도 늙어버리나

영감의 안테나를 더 높이 세우고

희망의 전파를 끊임없이 잡는 한

여든의 노인도 청춘으로 죽을 수 있네.

나는 사무엘 울만의 이 시, 〈청춘〉을 참 좋아합니다. 이 시를 읽다 보면 내 가슴에서 맑은 물소리가 들립니다. 그리고 내 자신이 젊어지는 느낌을 받습니다.

청춘이란 나이가 아니라 어떤 마음을 갖고 사느냐에 달려 있는 것입니다. 여든의 노인도 마음이 젊으면 청춘으로 살 수 있고, 스무 살의 나이에도 마음이 늙으면 노인으로 사는 것입니다.

마음을 어떻게 갖느냐는 것은 그래서 매우 중요합니다.

나는 우연히 텔레비전에서 열심히 땀 흘리며 살아가고 있는 싱그럽고 아름다운 청춘들을 보았습니다.

먼저 인사동에서 솜사탕을 만들며 행복을 일구며 사는 몇몇 20대

젊은이들입니다. 하루 종일 서서 일한다는 게 고단하고 힘든 일인데도 그들은 너무나 즐겁게 일했습니다. 젊음의 에너지를 쏟아 부었습니다. 그들은 솜사탕만을 파는 게 아니었습니다. 행복도 함께 덤으로 주었습니다. 사는 사람들의 표정에서 그것을 잘 알 수 있었습니다.

두 번째는 재래시장 정육점에서 일하는 청춘들입니다. 네 명의 젊은이들인데 그들 또한 자신의 꿈을 위해 열심히, 그리고 즐겁게 일했습니다. 무거운 고기를 어깨에 지고 나르면서도 얼굴에는 행복이 가득했습니다.

힘들고 어려운 일을 그처럼 기쁘게 할 수 있는 것은 꿈이 있기 때문이라고 했습니다. 꿈만 생각하면 힘든지 모르겠다는 그들의 말에 진정성이 넘쳐났습니다.

세 번째는 어머니를 도와 식당을 운영하는 스물여덟 된 여성입니다. 한창 멋 부리기 좋아하는 나이에 식당 가운을 걸치고 하루 종일 불 앞에서 음식을 만들고, 손님을 맞느라 정신없이 바빴습니다. 하지만 그녀의 얼굴은 누구보다도 행복했습니다. 방긋방긋 웃으며 일하는 모습은 세상에서 가장 아름다운 얼굴이었습니다.

네 번째는 인디음악레코드사를 운영하는 젊은이입니다. 그는 스물여섯 살 때 단돈 100만 원으로 시작하여 서른이 된 지금 안정된 자리를 잡았습니다.

그는 인디음악계의 스타로 떠오른 '장기하와 얼굴들'의 노래를 만들면서 꿈을 꽃피우기 시작했고, 새로운 아이디어와 끊임없는 노력으로 마침내 당당하게 성공할 수 있었습니다.

나는 그들을 보며 너무도 흐뭇하고 기분이 좋았습니다.

대기업에 취직하는 것이나 공무원이 되는 것을 목표로 하는, 말하자면 편하고 좋은 자리를 원하는 젊은이들이 갈피를 못 잡아 갈팡질팡할 때 그들은 자신들의 꿈을 위해 누구도 하기 꺼려하는 일들을 마다하지 않고 즐겁게 함으로써 한 발 두 발 나아가고 있었던 것입니다.

그들은 삶의 가치가 무엇인지, 진정한 행복이 무엇인지를 잘 알고 있었습니다. 그런 그들이 너무 대견하고 사랑스러웠습니다. 진정으로 아름다운 청춘이었습니다. 그래서 나는 그들을 아낌없이 응원했습니다. 또 계속 응원할 겁니다. 열심히 사는 청춘들에게는 격려를 해주어야 하고, 박수를 쳐주어야 합니다. 그들은 모두 자신의 삶은 물론 이 사회와 국가의 초석이 될 청춘들이기 때문입니다.

아름다운 청춘이란 단순히 잘생기고, 예쁘고, 키 크고, 멋이 있는 것을 가리키는 것이 아닙니다. 자신이 무엇을 해야 하는지를 알고, 늠름히 자신의 길을 가는 젊은이를 말합니다.

지금 자신이 무엇을 해야 하는지 갈피를 잡지 못한다면 더 이상 망설이지 말고 당장 자신의 힘으로 할 수 있는 일을 시작하십시오.

젊다는 것이 무엇입니까? 어떤 일도 할 수 있다는 것입니다. 더 이상 망설이지 마십시오. 더 이상 시간을 죽이고, 어두운 골방에서 절망하지 마십시오.

지금 바로 할 수 있는 일을 찾아 시작해야 합니다. 열심히 하다보면 전혀 생각지도 못했던 일을 만날 수 있습니다. 그리고 그 일은 자신이 새로운 인생으로 활짝 펼쳐나가는 데 발판이 되어 줄 것입니다. 자기만의 블루오션이 될 수 있다는 말입니다.

청춘의 뜨거운 피를 아낌없이 사랑하십시오.

뜨겁게 자신을 사랑하고, 열정적으로 사는 사람이 되어야 합니다.

09 성공의 의미

자주 그리고 많이 웃는 것.

현명한 삶들로부터 존경 받는 것.

아이들의 호감을 사는 것.

솔직한 비평가들의 인정을 받는 것.

미덥지 못한 친구들의 배반을 참아내는 것.

아름다움을 식별할 줄 아는 것.

다른 사람에게서 최선의 것을 발견하는 것.

건강한 아이를 낳든

한 뙈기의 정원을 가꾸든,

사회 환경을 개선하든 간에

세상을 자기가 태어나기 전보다

조금이라도 더 살기 좋은 곳으로 만드는 것.

자신이 살았었기에

단 한 사람이라도 마음 놓고 살아간다는 사실을 아는 것.

이것이 성공이다.

미국의 사상가이며 시인인 랠프 왈도 에머슨의 〈성공이란〉이라는 시입니다. 이 시 어디에도 돈 많이 벌어 잘 먹고 잘 살라는 말은 없습니다. 오직 오늘을 충실히, 그리고 인간답게 살라고 잔잔히 말합니다.

나는 이 시를 대할 때마다 성공의 본질에 대해 생각하곤 합니다. 성공이란 무엇일까? 라는 명제가 날 가만히 내버려두지 않는 겁니다.

사람에 따라 성공의 의미는 각기 다를 것입니다. 가치관에 따라 다르기 때문입니다.

나는 특강을 할 때 학생들에게 '성공이란 무엇인가?'에 대해 질문을 하곤 합니다.

경기도 B중학교에서 특강을 할 때였습니다. 그 때도 예외 없이 이 질문을 던졌습니다.

한 남학생이 손을 번쩍 들었습니다. 그의 표정은 매우 밝게 빛났습니다. 학생은 말했습니다.

"남보다 내가 잘되는 것입니다."

"그 말은 무엇을 의미하지요?"

나는 미소를 머금고 물었습니다.

"남보다 더 돈을 잘 벌고 높은 자리에 오르는 것입니다."

그는 자신의 대답에 스스로 만족해 하며 자리에 앉았습니다.

"또 말해 볼 사람?"

이번에는 곱상하게 생긴 남학생이 손을 들었습니다.

"만족할 만큼 행복할 때를 말합니다."

그 말을 듣고 나는 매우 흡족한 마음이 들었습니다. 그래서 그 의미를 설명해보라고 했더니 이렇게 말했습니다.

"각자가 느끼는 행복의 차이는 있겠지만 저는 제가 행복하다면 그것이 성공이라고 생각합니다."

나는 환한 미소를 짓지 않을 수 없었습니다. 어디에서도 그런 말을 들어 본 적이 없기 때문이었습니다.

"여러분, 돈 잘 벌고 높은 자리에 오르는 것도 분명 성공입니다. 그러나 진정한 성공은 내가 만족할 수 있는 행복한 삶을 사는 것입니다. 어떤 사람은 100억 원이 있어도 만족을 느끼지 못하는가 하면, 어떤 사람은 단돈 10만 원만 있어도 행복을 느낍니다. 왜 그럴까요? 욕심 때문입니다. 100억 원을 가진 사람은 더 많은 돈을 갖기를 원하기 때문에 행복을 느끼지 못하지만 10만 원을 갖고도 행복하다고 느끼는 사람은 작은 것에 감사할 줄 아는 마음을 가졌기 때문에 행복할 수 있는 것입니다.

여러분, 오늘 이 시간 이후 자신의 진정한 행복에 대해 생각해 보기 바랍니다. 그리고 자신에게 맞는 행복의 기준을 정하세요. 그러면 마음가짐을 새롭게 할 수 있어 더 행복해질 수 있을 겁니다."

학생들은 큰 박수를 쳤습니다. 물론 그들이 각자 어떤 생각을 했는지 알 수는 없지만 표정에서 나름대로 성공의 기준을 생각하는 것 같았습니다.

그렇습니다.

성공이란 거창하게 생각하는 사람에겐 거창한 것이지만, 작은 일에서 그 의미를 찾는 사람에게는 작고 소담스러운 것입니다.

오늘 날 사람의 가치를 학력으로, 재산의 많고 적음으로, 직업으로 따지는 것을 보면 회의가 느껴집니다.

당부하건데 절대로 물질의 잣대로, 또는 지위의 잣대로, 학벌의 잣대로 사람의 가치를 평가하지 말기 바랍니다. 오직 그 사람이 어떤 마인드로, 어떤 삶을 살고 있는지를 살펴보고 평가하십시오.

내가 에머슨을 좋아하는 것은 〈성공이란〉그의 시에서 보듯 그가 인간의 참된 가치가 무엇인지를 잘 보여준 선각자이기 때문입니다.

성공이란
세상을 자기가 태어나기 전보다
조금이라도
더 살기 좋은 곳으로 만드는 것.

10 난 우리의 청춘들을 믿는다

우리나라 젊은이들에 대해 걱정하고 염려하는 사람들을 종종 봅니다. 온실 속의 꽃처럼 너무 곱게 자라서 버릇이 없다느니, 끈기가 없다느니, 도전정신이 없다느니, 말합니다. 물론 나무라는 것보다는 미래를 염려해서 하는 말이라고 생각합니다.

그러나 나는 우리의 젊은이들을 믿습니다.

그들 중엔 나사 풀린 행동을 하는 젊은이도 있지만 그건 지극히 일부분이고, 대개는 자신이 무엇을 해야 하는지에 대해 잘 알고 있다고 생각합니다.

또한 사회와 국가에 대한 애정도 깊다고 믿습니다.

평소 이런 나의 믿음을 확인시켜준 사건이 있습니다.

북한의 연평도 폭격으로 인한 혼란스러움에도 우리의 젊은이들은 흔들림 없이 자신의 자리를 지켰습니다.

더욱이 나를 감동시킨 것은 그런 생명의 위험이 있다는 것을 알고 나서 귀신도 잡는다는 해병대에 지원병이 전보다 더 넘쳐났다는 사실입니다. 대한민국민이라면 누구나 알고 있듯 해병대는 용맹하기로 소문난 군대입니다. 훈련은 상상을 초월할 만큼 힘들고 어렵습니다. 그 혹독한 훈련을 이겨내고 해병대가 된다는 것은 남자들로선 매우 자랑스럽고 자부심을 가질 만한 일이지요.

이처럼 혹독하고 힘든, 게다가 잘못하면 생명을 잃을 수도 있는 위험한 일을 맡는 해병대를 서로 가겠다고 지원하다니 어찌 놀라지 않을 수 있겠는지요. 인기 절정의 탤런트인 현빈이 해병대에 자원 입대하는 모습에서 우리나라 젊은이들의 의식이 건전하다는 걸 더더욱 느낄 수 있었습니다.

내가 잘 아는 문학 작가 지망생 L은 시골에 가서 습작을 하며 그곳 아이들에게 무료로 글쓰기를 가르치고 있습니다. 습작하는 일도 만만치 않은데 시간을 내서, 그것도 무료로 교습을 하는 것이 자신을 낭비

하는 것이 아니냐는 동료들의 말에 그는 아이들에게 글쓰기를 가르침으로 해서 자신이 해야 하는 일에 대해 더욱 절감하게 되어 좋다고 말합니다.

자신의 젊음을 생산적으로 쓸 수 있다는 것은 자신이나 사회를 위해 매우 의미 있는 일이며 창조적인 일이라고 할 수 있습니다.

나는 이러한 우리의 젊은이들을 보고 우리나라의 미래는 매우 희망적이라고 믿게 되었습니다.

지금 이 순간 자신에 대해 비관하거나 또는 방관하는 젊은이가 있다면 비생산적이고 고루한 생각의 울타리를 걷어내야 합니다. 그리고 그 자리에 꿈나무를 심어야 합니다. 반드시 그리해야 합니다. 그것이 자신을 살리고, 키우는 일입니다.

나는 대한민국의 젊은이들을 믿으며, 나의 이 믿음이 깨지지 않기를 늘 기도하고 있습니다.

Bravo Wonderful Life

실패를 부끄러워하지 마라.
실패를 딛고 일어날 때
더 큰 행복은 찾아오는 것

// 마음에 별을 품고 살자

별을 보면

이 세상 모든 슬픔과 아픔을

어루만져 다독여 줄 것만 같다

시시때때로 나도 모르게

시린 가슴이 될 땐

야윈 두 뺨 위에 흘러내리는

차가운 눈물을 닦아 줄

따뜻한 별 하나 갖고 싶다

별을 보면

이 세상 모든 사랑과 평화를

따스하게 품어 안고 있을 것만 같다

내 사랑이 모자라

사랑하는 이가 눈물을 보일 때나

내 이기심이 사랑하는 이를 분노하게 할 땐

허허로운 내 빈 가슴을 가득 채워 줄

따뜻한 별 하나 갖고 싶다

별을 보면

새 하얗게 반짝이는 별이 되어

내가 사랑하는 모든 이들에게

죽어서도 사라지지 않을

따뜻한 별 하나 남기고 싶다

이 글은 〈따뜻한 별 하나 갖고 싶다〉는 나의 시입니다.

어느 날 밤, 하늘을 올려다 보았습니다. 그날따라 유난히 많은 별들이 반짝이고 있어 어찌나 기분이 좋던지 정말 행복했습니다. 그 때 갑자기 별을 하나를 갖고 싶다는 생각이 들었습니다.

가질 수 없는 별을 갖고 싶다니 내가 생각해도 어린아이 같은 발상에 피식 웃음이 나왔습니다. 하지만 나는 정말 별을 갖고 싶었습니다.

그러나 그것은 우주가 개벽을 한다고 해도 있을 수 없는 일이지요. 그런데 그때 '마음으로 별을 품고 살면 되지.' 하는 음성이 들렸습니다. 그래서 나는 나만의 별을 품기 시작했고, 그러자 머리가 환해지며 단숨에 이 시를 쓰게 되었습니다. 그러니까 시를 썼다기보다는 시가 쓰여졌다는 게 맞는 표현이겠지요.

나는 이 시가 그동안 내가 쓴 어떤 것보다도 너무 좋았습니다. 그래서일까, 이 시를 좋아해주는 독자들이 많습니다. 그 독자들 중에 지금도 잊혀 지지 않는 분이 있습니다.

어느 날 나는 어떤 남자로부터 한 통의 전화를 받았습니다.

"저, 김옥림 시인님이시죠?"

"네. 그렇습니다."

"저는 한국원자력연구소 사보 담당자입니다. 선생님이 쓰신 〈따뜻한 별 하나 갖고 싶다〉를 저희 사보에 게재를 하고 싶은데 허락해주시겠습니까? 무엇보다도 저희 원장님께서 싣기를 원하십니다."

나는 과학자인 원장이 이 시를 사보에 싣기를 원한다는 말에 선뜻 허락을 했습니다. 사실 과학자들은 정서적인 것보다는 논리적이고 수학적인 것에 익숙한 사람들이지요. 그런 분이 내 시를 좋아해서 사보에 싣겠다는 데 마다할 이유가 없었습니다.

얼마 후, 시가 실린 사보를 보내왔고, 나는 답례로 내 시집에 사인을 해서 원장에게 보냈습니다. 그리고 이틀 후 한 통의 전화를 받았습니다. 원장이었습니다.

그는 시집을 보내줘서 너무 고맙다며 대전에 올 일이 있거나 지나는 길에 꼭 한번 들러달라고 했습니다.

그는 자신에겐 700권이 넘는 시집이 있다고 했습니다. 나는 놀라움을 금할 수 없었습니다. 과학자가 700권이 넘는 시집을 소장하고 있다는 것은 대단한 일이 아닐 수 없습니다.

나는 그에게 있어 시집은 별과 같은 존재라는 생각이 들었습니다.

자신이 좋아하는 것은 별과 같은 것이지요.

여러분들도 자신의 별을 하나 품으십시오. 그러면 마음이 풍요로워지고 따뜻해집니다.

인생을 행복하게 사는 사람은 자신의 별을 사랑하는 사람입니다. 행복한 인생을 살고 싶다면 자신의 별을 품고, 사랑하십시오.

12 실패를 하니까 사람이다

그 어떤 사람도 실패를 한 경험이 없는 사람은 없습니다. 사람은 실패를 하면서 성장하는 존재입니다. 실패가 없다면 그건 사람이 아니지요. 그런데 많은 사람들이 자신의 실패에 대해 실망하고 좌절합니다. 그것이 지나치면 절망에 이르게 되지요.

먹고 마시는 일이 삶이며 일상이 듯이 실패는 누구나 하는, 할 수밖에 없는 보편적인 일입니다.

미국 역사상 위대한 대통령이었던 에이브라함 링컨.

사람들은 대개 그가 실패를 거의 하지 않은 것으로 알고 있습니다.

그러나 그건 그의 위대한 업적만 보고 내린 판단입니다. 그의 어린 시절은 누구보다도 가난했고, 외로웠고, 고달팠습니다. 또한 어머니의 정에 굶주린 아픔을 간직한 채 살았습니다.

그래서일까, 그는 모난 성격을 갖기도 했습니다. 그처럼 관대한 사람이 남을 비난하고 조롱했다면 믿지 못할 것입니다. 하지만 그도 정적을 비난하는 소인배적인 모습을 보이기도 했습니다. 때문에 목숨을 거는 위태로운 지경에 이르기도 했지요.

링컨은 그 일을 통해 비난이 상대방에게나 자신에게 결코 도움이 되지 않는다는 것을 깨달았습니다. 그후부터는 남을 칭찬하고 격려하는 적극적인 자세를 지향했지요. 그 결과 누구나 신뢰하고 존경하는 사람이 되었습니다.

링컨의 실패 이력에 대해 잠깐 살펴보지요.

그는 사업을 벌였다가 실패를 했고, 주 의회 의원선거에 출마해서 떨어졌으며, 의회 의장 선거는 물론 하원의원 공천심사에서도 탈락했고, 상원의원 선거에서도 낙선했습니다. 그리고 부통령 후보 경선에서 보기 좋게 떨어졌습니다. 실패를 밥 먹듯 했지요. 한 마디로 그는 실패를 운명처럼 갖고 태어난 사람이었습니다.

그러나 좌절하지 않았습니다. 오히려 강해졌고, 진정성 있게 생활

해나갔습니다. 그리고 많은 실패와 좌절 끝에 미국 제 16대 대통령이
되었습니다.

수많은 실패를 딛고 일어선 대표적인 또 한 사람, 미국의 32대 대
통령 프랭클린 루스벨트.

미국 역사상 최초로 4선 대통령이 된 그도 시련과 고난의 시절이
있었습니다. 그는 윌슨 대통령 시절, 해군 차관을 거쳐 1920년 대통령
선거 때 민주당 대표로 출마했으나 공화당에 패배하여 실패의 쓰라림
을 맛보아야 했습니다. 거기다 설상가상으로 소아마비에 걸려 병마와
싸우는 시련과 아픔의 세월을 보냈습니다.

연속적인 고난이 자신을 고통의 바다로 빠뜨리자 그는, '내가 주
저앉느냐, 그렇지 않으면 일어서야 하느냐.' 하고 자신과의 싸움을 벌
였지요. 그만큼 선거 패배와 병마는 그에겐 견딜 수 없는 고통이었습
니다. 하지만 그는 이를 악물고 초인적인 인내심으로 실패와 고통을
극복하였습니다.

병마와 싸워 이긴 그는 1928년 대통령 선거에서는 불편한 몸을 이
끌고 대통령 후보인 스미스를 위해 눈부신 활약을 보였고, 동시에 자
신은 뉴욕지사에 당선되었습니다.

그는 1932년 극심한 경제 불황에 빠진 미국을 위해 '뉴딜New Deal'이란 정책을 선언하여, 압도적인 표차로 대통령에 당선되었지요.

"나는 젊었을 때 정치에 뜻을 두고, 여러 가지 고통스러운 일을 많이 겪었고, 실패도 많이 하였다. 그러나 거기에 굴하지 않고 열심히 노력한 끝에 대통령이 될 수 있었다. 생각하면 나의 생애는 일곱 번 넘어지고, 여덟 번 일어났던 것이다."

그는 훗날 이렇게 자신의 성공은 수많은 실패와 고통 속에서 이루어 진 것이라고 고백하였습니다.

그는 거듭된 실패와 소아마비라는 신체적 장애를 극복하고, 최악의 상황에서도 결코 좌절하지 않고, 불굴의 의지와 겸손과 온유한 미덕으로, 끊임없이 창의력과 비전을 제시하며 자국은 물론 세계인류평화와 자유를 드높이는 데 자신의 일생을 바친 위대한 인물이었습니다.

링컨과 루스벨트는 미국은 물론 세계 정치사에서 가장 뛰어난 리더였지만 수많은 실패와 좌절을 겪은 대표적인 사람들이기도 합니다. 결국 수많은 실패가 그들을 강하게 했고, 그 결과는 매우 성공적이었습니다.

이를 보더라도 실패는 한 인간의 삶을 파괴시키는 패악이 아니라

발전적이고 희망적인 삶을 가져다주는 필수조건과도 같은 것입니다.

위대한 화가인 빈센트 반 고흐, 영국의 영원한 영웅 윈스턴 처칠, 남아프리카공화국의 위대한 지도자 넬슨 만델라 등 이름만 들어도 누구나 다 아는 사람들은 수없이 많은 실패를 통해 그 자리에 올랐던 것입니다.

목표를 향해 나아가다보면 뜻대로 안 되는 일도 있을 것입니다. 그러나 좌절은 절대 금물입니다. 실패를 즐길 것까지야 없지만 두려워해서는 안 됩니다. 실패는 자신을 두려워하는 자에게는 어김없이 실패로 끝나게 하지만, 극복하는 자에겐 성공적인 인생이 되게 합니다.

지금 취업이 안 된다고 해서, 상황이 어렵다고 해서 자신의 목표를 절대 포기해서는 안 됩니다. 포기하는 순간 오던 성공도 되돌아가고 말 것입니다. 아래의 시는 나의 〈실패를 하니까 사람이다〉입니다. 이 시를 가슴에 담아 힘들 때마다 꺼내 읽으십시오. 큰 힘이 되어 줄 것입니다.

그 어디에도

실패를 하지 않는 인생은 없다.

사람이니까 실패를 하는 것이다.

실패를 부끄러워하지 마라.

실패를 딛고 일어날 때 더 큰 행복은

찾아오는 것,

실패를 두려워하지 마라.

실패를 두려워하는 순간 절망의 미혹에 빠져

헤어나지 못하리니

실패를 기꺼이 받아들여

성공의 디딤돌로 삼으라.

실패는 누구나 한다.

실패를 하니까 사람이다.

13 그래도 하라

사람은 불합리하고

비논리적이고 비합리적이다.

그래도 사랑하라.

당신이 선한 일을 하면

이기적인 동기에서 하는 거라고 비난할 것이다.

그래도 좋은 일을 하라.

당신이 성공하면

거짓 친구들과 참된 친구들을 만날 것이다.

그래도 성공하라.

오늘 당신이 선을 행하면

내일은 잊혀질 것이다,

그래도 선을 행하라.

당신이 정직하고 솔직하면 상처받을 것이다.

그래도 정직하고 솔직하라.

당신이 여러 해 동안 공들여 만든 것이

하룻밤 사이에 무너질지도 모른다.

그래도 만들어라.

사람들은 도움이 필요하면서도

도와주면 공격할지도 모른다.

그래도 도와줘라.

세상에서 가장 좋은 것을 주면

당신은 발길로 차일지도 모른다.

그래도 가진 것 중에서

가장 좋은 것을 세상에 주어라.

이는 인도 켈커타어린이집 '쉬슈 브하반'의 벽에 있는 글입니다.

나는 이 글을 참 좋아합니다. 이 글을 읽다보면 내 마음 속에 들어 있던 부정적인 생각이 말끔히 정화되는 느낌을 받곤 합니다. 또 이 글처럼 살아가고 싶은 마음이 가득 넘쳐납니다.

나는 이 글의 내용처럼 살려고 노력합니다. 그러나 부족한 것이 많은 나로서는 생각처럼 잘 되지 않을 때가 많습니다. 항상 잘할 것 같다가도 내 자신에게 번번이 지고 맙니다. 그러고 보면 나라는 존재는 허물이 많은 것 같아 늘 반성하는 게 일과입니다.

그러나 나는 반성할 수 있다는 것에 감사합니다. 반성하는 것조차 모른다면 그 또한 불행한 일이니까요.

내가 잘 아는 K는 봉사활동에 이골이 난 사람입니다. 그는 틈만 나면 양로원으로, 어린이집으로 찾아가 봉사를 합니다.

그는 처음 봉사활동을 시작하고 한동안 마음고생이 심했습니다. 지방정치에 뜻이 있어 그런다, 무언가 꿍꿍이속이 있어 그런다는 등 온갖 억측이 난무했습니다. 더군다나 자신을 잘 아는 사람들이 그런다는 걸 알았을 때 그는 심한 배신감을 느끼곤 울분을 참지 못했습니다. 당장이라도 달려가 멱살을 잡고 패대기를 치고 싶어 했습니다. 분노에 떠는 그를 위로하다 번쩍 머리를 스치는 것이 있었습니다. 위의 글이 생각났던 겁니다.

그와 헤어져 집에 온 나는 내가 늘 아끼는 만년필로 이 글을 쓰기 시작했습니다. 그리고 다음 날 그를 만나 주었습니다.

"K야, 이 글 한 번 읽어 봐. 읽고 나면 마음이 편안해질 거야."

그는 글을 읽어 내려가기 시작했습니다. 다 읽고 난 그의 표정이 참 온화해 보였습니다. 분노로 가득했던 어제와는 너무도 달랐습니다.

"이처럼 멋진 글이 있다니……. 좋은 글을 선물해줘서 고마워."

그는 진정으로 고마워하며 이렇게 말했습니다.

"누가 뭐라고 해도 내가 행복하면 그만이지……."

"맞아! 그러니 자네가 하고 싶은 대로 해."

내 말에 그는 흡족한 미소를 지었습니다.

그날 이후 그는 여전히 10년 넘게 봉사활동을 해오고 있습니다.

대개의 사람들이 갖고 있는 잘못이 있다면 남을 의식해서 하고 싶은 일도 망설인다는 것입니다. 좋은 일을 하는데 왜 남을 의식하고 의기소침해합니까. 전혀 그럴 필요 없습니다.

내가 하는 일이 타인에게 고통을 주고 아픔을 주는 일이 아닌 이상, 하고 싶은 일은 주저하지 말고 해야 합니다.

여기서 '그래도' 라는 말은 긍정을 의미합니다.

긍정은 참 좋은 마인드입니다.

지금 무슨 일로 인해 힘들어하고 고통에 빠져있다면 이 글을 읽으십시오. 그리고 이 글대로 실천하십시오. 실천하는 순간 캄캄하게 막혔던 불신의 생각이 사라지고 맑고 환한 생각이 아침햇살처럼 가득 넘쳐날 것입니다.

Bravo Wonderful Life

당신이 선한일을 하면
이기적인동기에서 하는거라고
비난할것이다.
그래도 좋은일을 하라.

14 웅크리지 말고 나가라

어느 날 20대 여성으로부터 한 통의 전화를 받았습니다. 내가 쓴 책, 〈여자가 꼭 해야 할 34가지〉를 보고 조언을 구하고 싶어 전화를 했다고 했습니다.

그녀는 대학을 졸업하고 2년 동안 직장을 다녔는데 너무 바쁘게 일하다보니 몸과 마음이 많이 지쳤다고 했습니다. 게다가 직장에서 하던 일이 적성에 맞지 않아 그만두고 쉬고 있다고 했습니다.

직장을 그만 두고 몇 달 동안은 심신이 편하고 좋았답니다. 지친 몸과 마음을 추스르고 자신이 정말 하고 싶은 일을 찾기 위해 이력서를 들고 수십 군데도 더 쫓아다녔다고 합니다. 하지만 그 어디에서도 연락이 오지 않더라는 겁니다. 그러다보니 조급증이 생기고 시작했고, 시간이 지날수록 점점 초조해졌다고 했습니다. 이러다가 자신만 도태되는 건 아닌가 하는 생각에 잠까지 설치게 되었다고 했습니다. 입맛도 없고, 밖에 나가기도 싫고, 자꾸만 슬픈 생각이 들었다고 했습니다. 그런데 우연히 내가 쓴 책을 읽고 용기를 내어 전화를 했다는 겁니다.

전화상으로 듣는 그녀의 목소리는 매우 침울했고, 나 또한 작가이기 전에 그녀 또래의 딸을 가진 아버지로서 마음이 아팠습니다.

"얘기를 들으니 은진 씨의 마음을 잘 알겠군요. 나 또한 은진 씨 나이만 했을 때 은진 씨처럼 갈등이 심했지요. 그 나이엔 누구나 한두 번은 겪게 되는 통과의례와 같은 거지요. 그런 갈등 없이 20대를 보내는 젊은이들도 있지만 그 사람들은 30대에는 반드시 겪게 됩니다. 그렇다면 30대보다는 20대에 겪는 것이 더 낫겠지요. 20대에 겪게 되면 30대를 잘 맞게 되므로 보다 안정감 있는 삶을 준비할 수 있지요. 그러니 자신감을 잃어서는 안 됩니다. 자신감을 잃게 되면 모든 것을 잃을 수도 있습니다."

"생각은 그러고 싶은데 마음이 따라주지 않아요. 선생님, 어떡하면 좋아요?"

"은진 씨, 은진 씨가 좋아하는 게 뭡니까?"

"저, 노래 부르는 것을 좋아해요."

"그래요. 그럼 노래교실에 나가세요. 마음이 후련해지고 기쁜 마음이 들 때 까지 계속 노래를 부르세요."

"노래교실은 저 같은 사람이 가기는 좀 그렇잖아요."

"왜 그렇게만 생각해요? 내가 좋아서 하면 되지, 왜 분위기를 따져요?

내 말은 그곳에 나가 활력을 찾으라는 거예요. 노래교실엔 다양한 경험을 가진 사람들이 많이 옵니다. 그분들의 삶의 얘기를 들을 수 있는 기회로 삼는다면 은진 씨가 앞으로 하는 일에 많은 도움이 될 겁니다."

내 얘기를 잠잠히 듣고 있던 그녀가 조금 전보다는 씩씩해진 목소리로 말했습니다.

"한번 해보겠어요. 선생님 말씀처럼 그분들은 다양한 직업을 가졌거나 갖고 있을 테니 교류하다보면 좋은 방법이 생길 것 같아요."

"그래요. 바로 그거예요. 웅크리지 말고 나가세요. 웅크리고 있으면 우울증에 걸리기 쉽습니다. 내일이라도 당장 가서 신나게 노래를 부르세요. 그러면 반드시 은진 씨의 길을 찾게 될 겁니다."

"네, 선생님. 꼭 그렇게 하겠어요."

"내 말을 따라줘서 고마워요. 좋은 일이 있기를 바랄게요."

"이제 답답했던 마음이 사라졌어요. 선생님, 정말 고맙습니다."

그녀가 밝은 마음으로 전화를 끊자 안심이 되었습니다. 나는 아버지의 마음으로 그녀가 잘 되기를 진심으로 기원했습니다.

20대란 나이는 인생에 있어 가장 뜨겁고, 가장 역동적이며, 가장 아름다운 시기입니다. 그래서 갈등도 많이 하게 되고, 아픔도 겪게 되는 것입니다.

그런데 문제는 그 갈등의 숲에서 잘 빠져나와야 한다는 것입니다. 지금 이 순간 갈등으로 인해 골방에 웅크리고 있다면 당장 골방을 벗어나기 바랍니다. 자신이 좋아는 일에 두세 달만이라도 푹 빠져 열정을 바쳐보세요. 그러면 활기가 넘쳐나게 되고 자신감이 들 겁니다.

개성 있는 목소리로 대중가요는 물론 국악 재즈에 이르기까지 다양한 장르의 노래를 부르는 소리꾼 장사익.

그는 노래를 하기 전에 여러 일을 했다고 합니다. 그러나 하는 일마다 잘 안됐고 어떤 일에도 만족할 수 없었습니다. 그러던 중 국악기 태평소를 혼신을 다해 불며 실력을 키웠고, 여기저기서 상을 받게 되었습니다. 그러는 가운데 자연스럽게 노래를 하게 되었고, 결국 노래는 그의 인생을 송두리째 바꾸어 놓았습니다. 하고 싶은 일을 한 것이 그렇게 변화시킨 것입니다. 그가 그렇게 되기까지에는 힘든 일이 많았지만 잘 견뎌냈기에 실력 있는 소리꾼으로 인정받으며 만족한 삶을 살고 있는 것입니다. 만일 그가 골방에 웅크리고 있었더라면 지금의 그는 없었을 겁니다.

"담대하라. 그리하면 어떤 큰 힘이 당신을 도와주려 할 것이다."

이는 베이실 킹의 말입니다.

그렇습니다. 웅크리는 자에게 돌아오는 것은 삶을 상실하는 일이지만 담대하게 나가는 자에겐 누군가의 도움이 따르게 됩니다.

Bravo Wonderful Life

자신이 바라는대로 살기를 원한다면
삶에 눈비가 올때나
바람이 불때나
맑을때나
언제든 감사하며 살아야합니다.

15 삶에 감사하라

물질의 많고 적음으로, 혹은 지위의 높낮이로 성공을 기준 삼는 것은 속물들이나 하는 짓이지요. 이에 관계없이 자신의 인생에게 감사하는 사람이야말로 진정으로 성공한 사람입니다. 자신에게 감사하는 것은 참으로 아름다운 일이지요. 하지만 그런 사람이 과연 얼마나 될까요? 생각컨데 그렇지 않은 사람이 몇 배는 더 많을 겁니다.

왜 그럴까요?

자신에게 감사하지 못하는 것은 마음속에 숨어있는 욕망을 채우지 못하기 때문입니다. 사람은 본시 자신에게 만족하는 것이 인색하지요. 왜냐하면 주변사람들을 의식하기 때문입니다. 저 사람은 나보다 직업이 더 좋아, 저 사람은 나보다 돈이 더 많지, 저 사람은 나보다 더 예뻐, 하며 상대방과 자신을 비교합니다.

남의 떡은 더 커 보이는 법입니다. 그런 심리현상을 모르고 자꾸만 자신과 남을 비교함으로써 스스로에게 불만을 갖습니다. 그러다보니 불평만 쌓여갑니다.

불만과 불평 속에서는 감사할 수 없습니다.

우리나라 문단의 독보적인 소설가 박완서.

〈엄마의 말뚝〉, 〈그 해 겨울은 따뜻했네〉, 〈친절한 복희씨〉, 〈그 남자네 집〉 등 수없이 많은 책으로 폭넓은 독자층을 가진 그녀는 세상과 이별을 하기 전까지 왕성한 작품 활동을 함으로써 후배 작가들의 귀감이 되었습니다.

또한 여든의 나이에도 영감의 안테나를 높이 세우고 정감 있고 푸근한 문체의 글을 써 많은 독자들의 사랑과 존경을 한 몸에 받았지요. 그녀는 분명 우리 문단의 거목이었습니다.

나는 그녀의 소설은 물론 에세이 동화 등 거의 모든 작품을 가지고 있습니다.

나는 그녀의 작품 중 특히 〈그 남자네 집〉을 좋아합니다. 그 소설을 읽고 지난날 그녀의 흑백사진 같은 아련하고 가슴 뭉클한 사랑을 만날 수 있었기 때문입니다. 소설을 읽는 내내 내가 마치 그 사랑의 감정 속으로 빠져들었던 것입니다. 그리고 그 느낌은 오래도록 내 가슴에 남아 첫사랑의 향수를 불러일으키곤 하였습니다.

박완서가 뛰어난 작품을 쓸 수 있었던 것은 개인의 능력문제이기도 하겠지만 진실로 자신의 삶에 감사할 줄 아는 진정성을 간직하고 있었기 때문입니다. 더욱이 그녀는 젊은 시절 남편과 사랑하는 아들을 잃는 아픔을 겪고 살았지만, 자신에게 주어진 현실에 감사하고 언제나 최선을 다했기에 주옥과 같은 작품을 쓸 수 있었습니다.

자신이 바라는 대로 살기를 원한다면 삶에 눈비가 올 때나 바람이 불 때나 맑을 때나 언제든 감사하며 살아야 합니다. 인생을 살다보면 희로애락이 순환전동차처럼 번갈아 찾아옵니다. 그럴 때마다 불평하고 절망한다면 어떻게 온전한 삶을 살아낼 수 있겠습니까.

감사하지 못하는 삶은 불행한 삶입니다. 불행한 삶을 원치 않는다면 작은 일이든 큰일이든 언제나 자신의 삶에 감사하십시오.

Bravo Wonderful Life

자신에게 처한상황을
거부하지 마십시오,
거부하다보면 분노하게 되고,
스스로에게 실망하게 됩니다.

16 산다는것의 의미

　　　　　　　"불안한 마음으로 사는 것보다 두려움
과 걱정 없이 부족한 생활을 하는 것이 행복하다."

　　이는 노예 출신으로 스토아학파의 대표적인 철학자 에픽테토스의
말입니다. 그는 내가 좋아하는 철학자 중 한 사람이지요. 이유는 그의
사상이 맘에 들기 때문입니다.

　　그의 사상의 핵심은 모든 것을 있는 그대로 받아들이라는 것입니
다. 어찌 보면 운명론자 같지만 생각이 그럴 뿐입니다.

　　지금 자기가 처해 있는 상황에서 슬픔은 슬픔대로, 기쁨은 기쁨대
로, 그대로 인정하고 받아들이라는 것이지요. 그렇지 않고 거부한다

면 더욱 불행해 질 수밖에 없다는 겁니다.

　내가 아는 한 젊은이가 있었습니다. 그는 늘 가난한 자신의 환경에 대해 불만을 토로하며 자신이 이 세상에서 가장 불행한 존재라고 여겼습니다. 그에게는 희망의 빛이 보이지 않았습니다. 마음속엔 불신과 원망만이 가득했습니다.

　그러던 어느 날이었습니다. 그날도 술에 취해 사소한 일로 싸움을 하게 되었고, 그와 싸우던 사람이 그만 밀려 넘어지면서 시멘트담에 부딪쳐 죽는 바람에 과실치사로 감옥에 갇히고 말았습니다.

　하지만 반성이라고는 눈곱만치도 없었습니다. 감옥에서도 늘 불평불만만 늘어놓았습니다. 그렇게 형기를 마치고 나온 그는 또 다시 술에 취해 살았습니다. 여전히 싸움도 일삼았습니다. 때문에 수시로 감옥을 들락거리며 늙은 부모님과 형제들의 가슴에 깊은 상처를 주었습니다. 그러다가 끝내는 약을 먹고 스물일곱의 짧은 생을 허무하게 끝내고 말았습니다.

　못난 자식을 끌어안고 슬프게 울던 그의 늙은 부모님의 모습을 지금도 잊을 수가 없습니다. 그는 마지막 가면서까지도 부모의 가슴에 지울 수 없는 아픔을 남겼습니다.

자신의 삶이 가난하다고 해서, 남보다 못 배웠다고 해서, 못생겼다고 해서 실망하고 좌절해서는 안 됩니다. 어떤 삶이라 할지라도 소중하고 고마운 것입니다.

자신에게 처한 상황을 거부하지 마십시오. 거부하다보면 분노하게 되고, 스스로에게 실망하게 됩니다. 어떻게든 긍정적으로 받아들여 벗어날 해법을 찾아야 합니다. 벼랑 끝에서도 희망은 반드시 있는 법이니까요.

투자의 천재 조지소로스.

그는 조국 헝가리가 독일에 점령을 당하자 영국으로 갔습니다. 더 이상 조국은 그에게 기대할 곳이 못 되었지요. 영국에 도착한 그는 살기 위해 주린 배를 움켜쥐고 웨이터로 일했습니다. 하지만 목표가 있는 그에게 고달픈 생활은 아무것도 아니었습니다.

학비를 모은 그는 런던경제대학에 입학해 미래를 개척해 나갔습니다. 그후 그는 주식 투자에 매진했습니다. 그는 하는 일마다 긍정적인 성과를 낳았고, 투자의 귀재가 되었습니다.

그는 '게임의 룰이 바뀔 때마다 기회는 온다.'는 승자의 법칙으로 일관한 끝에 세계적인 거부가 되었습니다. 일을 시작하기 전부터 성공할 수 있다는 신념을 가졌던 것입니다.

그가 보통의 젊은이와 다른 것은 삶에 대처하는 마인드였습니다. 그는 절망 중에서도 희망을 보았지만, 다른 젊은이는 오직 절망만 보았습니다. 희망을 보느냐 절망을 보느냐 하는 관점의 차이가 엄청난 결과를 낳게 한 것이지요.

산다는 것은 누구에게나 단 한번만 주어지는 소중한 기회입니다. 이런 기회를 헛되이 날려버려서는 안됩니다. 금은보화를 쌓아두고도 불행을 느낀다면 그 금은보화는 행복이 아닙니다. 그러나 가난한 골방에서도 행복을 느낀다면 그 골방은 행복이지요.

행복하게 살고 싶다면 걱정과 두려움을 버리고 있는 그대로를 받아들여 자신의 환경에 맞추어 나가십시오.

다음은 이런 깨달음으로 내가 쓴 시 〈산다는 것의 의미〉입니다.

살아보니 알겠다.

삶은 사는 게 아니라 살아진다는 것을.

제 아무리 잘 살아보려고 애를 써도

그러면 그럴수록

삶은 저만치 비켜서서 자꾸만 멀어지고

내가 온몸을 쥐어짜며 몸부림에 젖지 않아도

삶은 내게 기쁨을 준다는 것을.

삶을 살아보니 알겠다.

못 견디게 삶이 고달파도 피해 갈 수 없다면 그냥,

못 이기는 척 받아들이는 것이다.

넘치면 넘치는 대로 부족하면 부족한 대로

감사하며 사는 것이다.

삶을 억지로 살려고 하지 마라.

삶에게 너를 맡겨라.

삶이 너의 손을 잡아줄 때까지

그렇게 그렇게 꾸준히 너의 길을 가라.

삶은 사는 게 아니라 살아지는 것이려니

주어진 너의 길을 묵묵히 때론 열정적으로

그렇게 그렇게 가는 것이다.

Bravo Wonderful Life

못견디게 삶이 고달파도
피해 갈수없다면 그냥,
못이기는 척 받아들이는 것이다.

17 영원한 동심童心

동화작가 권정생이 쓴 〈강아지똥〉을 감명 깊게 읽었습니다. 주요 내용은 아무짝에도 쓸모없는 강아지똥이 빗물에 흘러내려 예쁜 민들레를 피운다는 이야기입니다. 똥 하면 더럽고 냄새나는 것으로 생각하지만, 그는 이 동화를 통해 작고 보잘 것 없는 것들도 세상에 존재하는 이유는 다 쓸모가 있기 때문이라고 말합니다. 그리고 작고 보잘 것 없는 것들에게도 따뜻한 눈길을 보내야 한다고 주장합니다.

대개의 사람들은 높고, 멋지고, 보기 좋은 것에 관심을 기울입니다. 그리고 그 중심에 서기 위해 안간힘을 씁니다. 모두가 잘나고, 잘

94

살기 위한 일에만 골몰합니다. 작고 낮아서 눈에 잘 띄지 않는, 구석진 곳에 있는 것들에겐 눈길조차 주지 않습니다. 모두가 우뚝하고 빛나는 것만 원한다면 이 사회는 기형적인 사회가 되어 잘못 된 삶을 살게 될 것입니다.

권정생은 이점이 너무도 안타까웠던 것입니다.

그는 작은 것이 있어야 큰 것도 있고, 별것 아닌 것이 있어야 좋은 것이 있다는 것을 일깨우고 싶었던 겁니다. 그래서 작고 하찮은 것들을 통해 우리가 사는 세상을 아름답게 만들고 싶었던 것입니다.

〈강아지똥〉은 이러한 그의 생각을 유감없이 보여준 우리나라 최고의 명작동화입니다.

나는 평소 그의 작품을 좋아함은 물론, 그를 존경했습니다. 그래서 한번 찾아뵈려고 했는데 그만 기회를 놓치고 말았습니다. 그가 자신이 믿고 섬기던 하나님의 부름을 받은 것입니다. 나는 나의 게으름을 자책하며 그가 살았던 안동시 일직면에 있는 그의 옛집을 찾아갔습니다. 집이라기보다는 움막에 가까운 낡고 허름한 거처였습니다. 그곳에서 평생을 병마와 싸우며 글을 썼을 그를 생각하자 가슴이 저며왔습니다.

그는 10억이 넘는 재산을 두고도 먹는 것도 최소한으로 줄이고,

옷도 기워 입으며, 검정고무신을 신고 지냈습니다. 그리고 그 돈은 어린이들을 위해 써달라고 유언으로 남겼습니다.

그는 어린이 마음으로, 어린이 눈빛으로, 어린이의 해맑은 숨결로 동화를 썼습니다. 한번도 어린이의 마음을 버린 적이 없어 그가 쓴 동화는 어린이들에게도 어른들에게도 순결한 마음이 되었습니다.

영원한 동심으로 살았던 동화작가 권정생.

그는 진정한 삶의 가치가 무엇인지를 잘 보여준 이 시대의 참 사람이었습니다.

동심으로 살면 인생을 보다 더 맑고 깨끗하게 할 뿐만 아니라 삶의 가치를 한껏 드높일 수 있습니다. 어린이의 마음은 모든 것을 아름답게 바라보기 때문이지요.

진정한 행복을 원한다면 돈의 부자가 되기보단 마음의 부자가 되어야 합니다. 돈은 일시적인 행복을 주지만 마음은 영원한 행복을 줍니다.

동심을 품고 사십시오.

동심은 가장 인간다운 본연의 마음입니다.

Bravo Wonderful Life

진정한행복을원한다면
돈의 부자가되기보단
마음의 부자가되어야합니다.

제2부

자기에게
절대 지지 마라

18 자기에게 절대 지지 마라

"자기 자신을 이겨냈을 때보다 더 신나는 때는 없다. 그를 위해서는 내면의 적들을 물리치면서 승리를 얻기 위해 노력해야 한다."

배시 영의 말입니다.

리처드 버크의 소설 〈갈매기의 꿈〉에는 조나단이란 갈매기가 나옵니다. 조나단은 동료 갈매기들이 뭐라 하던 틈만 나면 하늘을 나는 연습을 했습니다. 다른 갈매기들은 그런 조나단을 조롱했지만 모른 척 넘어갔습니다. 일일이 대응한다는 것은 자신의 꿈을 이루는 데 하등에 도움이 되지 않았기 때문이지요.

그리고 오랜 시간이 지나자 조나단은 가장 높이, 가장 멀리 나는 갈매기가 되었습니다. 마침내 자신의 꿈을 이룬 것이지요.

이 작품을 쓴 리처드 버크는 아무도 알아주지 않는 무명작가였습니다. 하지만 자신은 반드시 베스트셀러 작가가 되리라는 것을 굳게 믿었지요. 그는,

"나의 작품이 세계적으로 인정받는 날이 반드시 오고야 말 것이다."

라고 되뇌며 꿈의 엔진을 멈추지 않고 작동시켰습니다.

지성이면 감천이란 말처럼 그의 노력과 정성은 마침내 그를 유명한 작가가 되게 했습니다. 〈갈매기의 꿈〉이 세계적으로 널리 읽히는 명작이 된 것입니다.

그렇게 되기까지 그는 자신의 꿈을 방해하는 숱한 내면의 적을 물리쳐야 했습니다. 작품 속의 갈매기 조나단은 바로 그 자신이었던 것입니다.

노자 또한 자신을 이기는 것이 삶에 있어 매우 중요하다는 것을 설파하였습니다. 그는,

"남을 굴복시키는 사람은 강한 사람이다. 그러나 자기를 이기는

사람은 그 이상으로 강한 사람이다."

라고 했습니다.

남을 굴복시키는 사람도 자신을 이기지 못한다면 진실로 강한 사람이라고는 할 수 없습니다. 그 만큼 자신을 이긴다는 것은 어려운 일입니다. 누구나 자신에게 관대하기 때문이지요. 대개의 사람들은 남의 실수는 못 봐 주면서도 자신의 실수는 그대로 묵인합니다. 그래 놓고 이렇게 말하지요.

"다음엔 실수하지 말자!"

노자는 이런 사람들의 심리를 너무도 잘 알고 있었습니다. 그래서 남을 굴복시키는 사람보다 자신을 이기는 사람이 강한 사람이라고 했던 것입니다.

그렇습니다.

자신을 이기는 사람은 어떤 환경에 처하더라도 절대 흔들리지 않습니다. 오히려 그 환경에서 벗어나기 위해 더욱 강해지지요.

뜻을 펼치기 위해서는 자신을 극복해서 넘어서야 합니다.

자신을 이기는 힘을 기르십시오. 그래야 자신이 원하는 삶을 보장받을 수 있습니다.

자신을 이기는 사람은
어떤 환경에 처하더라도
절대 흔들리지 않습니다.

19 간절히 원하라

　　　　　무엇인가를 간절히 소망한 적이 있는
지요. 너무도 간절하여 몸부림을 칠 만큼. 그런 사람은 눈빛을 보면
압니다. 그래서 눈은 마음의 창이라고 합니다.

　강한 의지를 품을 때에는 입술을 꽉 다뭅니다. 발걸음은 사슴처럼
경쾌하고, 두 팔은 하늘을 향해 힘차게 움직입니다.

　이처럼 간절한 마음은 행동을 다르게 변화시킵니다.

　브라질 출신의 세계적인 작가 파울로 코엘료.

　그는 대표작 〈연금술사〉로 우리에게도 매우 친숙한 사람입니다.

자아를 찾아가는 한 젊은이의 여정을 그린, 마치 동화 같은 이 소설은 어린왕자와 같은 순수성을 그대로 보여주지요. 그 감동이 지금도 내 마음을 울립니다.

그의 작품으로는 〈베로니카 죽기로 결심하다〉, 〈피에트라 강가에서 나는 울었네〉, 〈11분〉, 〈오자히르〉 등이 있는데, 성경을 우화로 풀어쓴 듯 가깝게 다가옵니다. 특히 〈연금술사〉는 전 세계적으로 3,000만 부나 팔린 초베스트셀러입니다.

그는 처음부터 소설가의 길을 걸어 온 것은 아닙니다.

꿈 많은 10대 시절, 세 차례나 정신병원에 입원한 병력을 가지고 있습니다. 청년시절에는 군사 독재에 항거하며 반정부 활동을 펼치다 두 차례나 감옥에 갇혀 고문을 당하기도 했습니다.

그 후, 히피문화에 빠져 록밴드를 결성해 120여 곡을 써서 브라질 록음악에 막대한 영향을 끼쳤습니다. 그리고 저널리스트, 배우, 희곡작가, 연극 연출가, 텔레비전 프로듀서 등 다양한 분야에서 일을 하며 자신의 영역을 넓혀나갔습니다.

그는 1982년, 유럽 여행에서 신비로운 체험을 경험한 뒤 세계적인 음반회사 중역자리를 버리고 산티아고 데 콤포스텔라로 순례를 떠났습니다. 그리고 그 경험을 〈순례자〉라는 소설로 쓰며 작가의 길로 들어섰습니다. 이듬해 〈연금술사〉를 써서 전 세계에 폭넓은 독자층을 가지고 있습니다.

그는 프랑스 정부로부터 제지옹도뇌르 훈장을 받았습니다. 그리고 조국 브라질에 '코엘료 인스티튜트'라는 비영리단체를 설립해 빈민층 어린이와 노인들을 위한 자선사업을 벌이고 있습니다. 또한 2007년부터 유엔평화대사로 활동하고 있습니다.

그는 누구보다도 치열하게 살아왔고, 그 결과 행복하게 살아가는 이 시대의 위대한 작가가 되었습니다.

"간절히 원하면 그 소망이 실현되도록 온 우주가 도와준다."

그의 말입니다. 이 말에서도 알 수 있듯 그가 세계적인 작가가 될 수 있었던 것은 간절한 믿음 때문이었습니다.

자신이 얻고 싶은 것이 있다면 간절히 원하십시오.

그냥, '잘 됐으면 좋겠다.' 가 아니라 온 마음으로 기도하는 간절한 원함을 보여야 합니다. 그리고 진정성 있게 실천해야 합니다. 실천이 따르지 않는 간절함은 그림의 떡과 같으니까요.

Bravo Wonderful Life

간절한마음은
행동을다르게변화시킵니다.

20 인생은 그 자체가 배움이다

조 카를로스는

"배움을 멈추지 말아야 한다. 날마다 한 가지씩 새로운 것을 배우면 경쟁자의 99%를 극복할 수 있다."

고 했습니다.

그렇습니다.

모든 결과는 배움으로부터 시작하고 배움으로 끝을 맺습니다.

평생을 배워도 모자라는 게 배움의 길입니다. 그 만큼 깊고, 높습니다. 배움을 단기간적으로 생각하거나 정해진 기간만 하는 거라고 생각한다면 그 의미를 잘 모르는 것이지요.

배움은 광야를 달리는 무적의 전차와 같아서 열정 없이는 할 수 없습니다. 그냥 일정한 기간만 지나면 다 배웠다고 생각하는데 그게 아니지요.

동양의 공자나 서양의 소크라테스, 우리나라의 김종직, 이황, 이이 같은 분들은 배움을 중시하여 제자들을 배출해내는 데 평생을 바쳤습니다. 그들이 생애를 모두 가르치는 일에 바칠 수 있었던 것은 배움은 세상 그 무엇보다도 가치 있는 일이라고 여겼기에 가능했습니다.

날마다 한 가지씩 새로운 것을 배우면 경쟁자의 99%를 극복할 수 있다는 카를로스의 이 말은 배움의 효율성과 가치에 대한 말입니다.

배움에 대해 누구보다도 목소리 높여 강조한 사람은 공자입니다.

그는,

"내가 일찍이 종일 먹지 아니하고, 잠자지 아니하고, 생각하여도 유익함이 없으니, 배움만 같지 못하였다."

고 했습니다.

배우는 것은 소중한 일입니다. 평생을 바쳐도 다 못 이루는 게 배움입니다. 또 시작은 있어도 끝은 없는 것이기도 합니다.

불치하문不恥下問이라는 말이 있습니다. 나보다 나이가 어려도, 부족함이 있는 사람에게도, 배울 게 있으면 배워야 한다는 말이지요.

탈무드에는,

"만나는 사람 모두에게서 무엇인가를 배울 수 있는 사람이 세상에서 가장 현명한 사람이다."

"모르는 것을 묻지 않는 것은 쓸데없는 오만이다."

라는 말이 있습니다. 배움의 가치와 중요함을 나타낸 말입니다.

사람들은 학교만 졸업하면 배움이 다 끝난 걸로 여깁니다. 배움의 진실을 모르기 때문이지요. 본시 배움은 시작은 있되 끝은 없는 것입니다.

예로부터 배움을 소홀히 하고 우습게 아는 사람을 야만족이라고 낮춰 불렀습니다. 배운다는 것은 깨달음을 얻기 위함이고, 그 깨달음을 통해 새로운 진리와 참 행복을 느끼게 되는데 야만족은 그러지 못하지요.

배움이 강물처럼 흐르는 사람에겐 꿈이 있고 밝은 미래가 있습니다. 하지만 배움이 지지부지한 사람에겐 꿈도 희미하고 어두운 미래가 넘실거릴 뿐입니다.

배움을 멈추지 마세요. 배움은 가장 가치 있는 일입니다.

Bravo Wonderful Life

배움은광야를달리는
무적의전차와같아서
열정없이는할수없습니다.

21 날마다 자신을 혁신하라

　　　　　　세계적인 고전 〈돈키호테〉의 작가 세르
반테스. 그는 56세 때 〈돈키호테〉 집필을 시작하여 2년 후인 58세에
탈고하고 책을 세상에 내놓았습니다. 그의 책은 많은 사람들에게 읽
혀지며 세계 고전 중에서도 대표적인 고전으로 확실한 자리매김을 하
였지요. 400년이 지난 지금도 그의 책은 변함없이 독자들의 사랑을
받고 있습니다.

　세르반테스는,

　"불가능한 것을 성취하려면 불가능한 것도 실행해야 한다."

　고 말했습니다. 매우 의미 있는 말이지요.

상식을 벗어나는 일을 시도하는 사람을 보면 흔히,

"저 사람 정신이 잘못된 거 아냐?"

하고 말합니다. 그런데 신기하게도 그런 말을 듣는 사람들 중엔 크게 성공한 사람들이 많습니다.

왜 그럴까요?

이유는 간단합니다. 대개의 사람들이 할 수 없다고 생각하는 것을 뛰어넘어 가능한 것으로 끌어냈기 때문이지요.

세르반테스는 군인의 길을 가다가 부상으로 인해 세금을 걷는 일을 했습니다. 그러다 억울하게 옥살이도 했습니다. 하지만 그는 좌절하지 않았습니다. 날마다 자신의 생각과 마음을 갈고 닦았습니다. 생각이 낡고 마음에 때가 끼면 삶이 쳐 놓은 함정에 빠질 위험성이 다분하다는 걸 알았기 때문입니다. 그는 어려운 상황에서도 자신의 삶이 추악해지지 않도록 마인드를 혁신시켰던 것입니다.

어떤 사람이 세르반테스가 좋은 환경에서 글을 썼기 때문에 〈돈키호테〉와 같은 불후의 명작을 남길 수 있었다고 얘기하는 걸 보았습니다. 그러나 그것은 그를 잘 모르는 말입니다. 세르반테스는 고통과 울분을 창조적 에너지로 승화시킨 끝에 위대한 작가가 되었던 것입니다.

"진정 무엇인가를 발견하는 여행은 새로운 풍경을 바라보는 것이 아니라 새로운 눈을 가지는 데 있다."

프랑스의 소설가 마르셀 프루스트의 말입니다.

새로운 눈을 가져야 한다는 것은 세르반테스가 그랬듯이 어떤 상황에서도 새로운 생각, 새로운 마인드를 가지라는 말입니다.

시시각각 변화하는 현대사회에서 도태되지 않고 살아남을 수 있는 방법은 늘 새로운 눈으로 사물을 바라보고 생각하는 데 있습니다.

현실은 디지털 인간형을 요구하는데 자신은 아날로그 인간형에 머물러 있다면 빨리 디지털 인간형 모드로 전환시켜야 합니다.

관광을 즐기는 사람들은 크게 두 가지 형태로 나눌 수 있는데, 첫째는 풍경을 보며 즐기는 것이고, 둘째는 그에서 더 나아가 본 것을 통해 새로운 생각을 하는 것입니다.

첫째에 해당하는 사람들이 유희적인 관광이라면 둘째에 해당하는 사람들은 새로운 의미를 발견함으로써 자신을 보다 새롭게 가꾸는 창조적인 관광이라고 하겠습니다.

삶도 관광을 하는 거와 같습니다. 우리는 날마다 보고, 듣고, 느끼고, 생각하는 삶을 삽니다. 그런데 어떤 사람은 소모적인 삶을 살고,

어떤 사람은 생산적이고 창조적인 삶을 삽니다. 이 두 사람의 차이점은 지금 당장은 잘 모르지만 시간이 흐름에 따라 놀라울 만큼 격차가 벌어지게 됩니다.

그렇다면 어떤 유형의 사람이 되어야 할까요?

당연히 보는 것만 즐기는 것이 아니라 본 것을 통해 새로운 사실을 발견하고, 새로운 진로를 찾는 생산적인 길을 가야 합니다.

마르셀 프루스트의 말처럼 새로운 눈을 갖는 인생의 여행자가 되어야 하지요.

22 아프지 않은 청춘은 없다

지금 우리 사회는 경제적으로 풍요하지만 청년들의 실업률은 높아만 가고 있습니다. 학자금 대출을 받고 힘들게 공부를 해도 취업이 안 돼 사회에 첫발을 내딛기도 전에 신용불량자로 낙인이 찍힙니다.

어렵고 가난하던 시절에도 꿈이 있고, 낭만이 흐르던 대학은 어디로 가고 각 대학 도서관마다 불을 밝히고 공부하는 취업준비생들로 가득합니다. 대학은 진리를 탐구하는 상아탑으로써의 기능을 상실해버린 지 이미 오래입니다. 지금은 단지 취업 사관학교일 뿐입니다.

나는 우리 청춘들을 보면 너무 마음이 아파 견딜 수가 없습니다. 학비와 생활비, 거기에 대출 받은 학자금 이자를 갚기 위해 두 개의 아르바이트는 기본으로 하고 있습니다. 그렇게 힘들게 일해도 늘 주머니는 텅 비기 일쑤입니다. 누가 우리의 청춘들을 그렇게 힘들게 했나요. 모두가 기성세대의 잘못인 것 같아 나도 미안해집니다.

그러나 청춘들이여, 비관하지 마십시오. 여러분은 젊고 힘이 있습니다. 꿈을 포기해서는 안 됩니다. 꿈은 언제나 여러분들을 기다리고 있습니다. 쓰러져 죽는 한이 있더라도 끝까지 포기해서는 안 됩니다. 과거에도 힘들기는 마찬가지였습니다. 어느 시대고 아픔과 고통과 눈물은 다 있습니다.

여러분들의 아버지 어머니들의 학창시절에도 그랬습니다. 공단의 희미한 불빛 밑에서 하루에 15시간씩 힘들게 일을 해야 했던 사람도 많습니다. 그분들이 흘린 땀방울이 희망의 씨앗이 되어 오늘날의 우리 경제를 일군 것입니다. 그분들은 여러분의 아버지이며 어머니이며 삼촌이며 이모입니다.

"집에서는 등록금만 대주고 생활비는 제가 벌기로 부모님과 약속했어요. 고등학생 동생도 둘이나 있어 생활비까지 부모님이 대는 것은 생각조차 할 수 없습니다.”

피로에 지친 기색이 역력하지만 미소를 잃지 않는 여대생의 모습에서 나는 희망을 발견했습니다.

“공부가 목적이기 때문에 공부를 위해서라면 무엇이든 할 자신이 있습니다. 어떤 일이든지 시켜만 준다면 해낼 수 있어요.”

무거운 벽돌을 져 나르며 씩씩하게 말하던 남학생의 당당함도 잊을 수가 없습니다.

미국 하버드대학의 교수이자 탁월한 심리학자인 윌리엄 제임스는,

“인생을 바꾸려면 지금 당장 시작하여 눈부시게 실행하라. 결코 예외는 없다.”

라고 말했습니다.

또한 저명한 자기계발 전문가인 노만 빈센트 필 박사는,

“사람은 할 수 있다고 생각하기 시작할 때라야 가장 비범한 모습을 보이게 된다. 자기 자신을 믿는 것이 성공의 첫 번째 비결이다.”

라고 말했습니다.

그렇습니다.

이 두 사람의 말처럼 어려움을 견디고 자신의 꿈을 위해 행동으로

옮길 수 있다면 반드시 자신이 원하는 것을 얻을 수 있을 거라고 확신합니다.

나 역시 청춘의 시절을 힘들게 보냈습니다. 너무 힘들어 울기도 했습니다. 갈등을 하기도 했습니다. 아무도 없는 곳으로 가서 내 자신에 대해 곰곰이 생각하곤 했습니다.

그러나 그런 중에도 한번도 꿈을 포기한 적은 없었습니다. 힘들면 더욱 이를 악물었습니다. 내가 스스로 하지 않으면 나를 대신해서 해줄 사람이 없었습니다.

한편으로는 닥치는 대로 책을 읽고, 상상하고, 꿈을 키웠습니다. 그때 겪었던 아픔과 고통은 소중한 경험이 되어 지금 작가가 되어 글을 쓰는 데 큰 도움이 되고 있습니다. 내가 시, 소설, 동화, 동시, 에세이, 교양서, 자기계발서 등을 총망라한 여러 분야의 글을 쓰는 멀티라이터가 될 수 있었던 것은 젊은 날 축적해두었던 다양한 경험들 덕입니다.

양지에서 자란 식물은 음지를 만나면 야위어 죽고 맙니다. 하지만 비바람을 맞으며 자란 식물은 어디에서나 잘 자랍니다.

우리의 삶도 이와 같습니다.

부자 친구들을 부러워하지 마십시오. 환경이 좋은 친구를 보며 자신이 불행하다고 여기지 마십시오. 아프지 않은 청춘은 없습니다. 하지만 그 아픔은 희망을 위한 아픔이라는 걸 한시도 잊지 마십시오.

꿈을 위해 스스로의 힘으로 열심히 노력하는 청춘들이 하나같이 원하는 삶을 살아가기를 간절히 바랍니다.

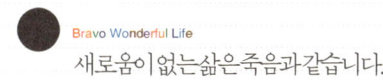

Bravo Wonderful Life

새로움이 없는 삶은 죽음과 같습니다.

23 자기만의 철학을 가져라

이 세상이 똑 같은 생각을 하는 사람들로 가득 찼다면 어떨까요? 모르긴 해도 사는 재미가 없을 겁니다. 누구나 생각이 똑 같은데 무슨 새로움이 있겠는지요. 새로움이 없다는 것은 날마다 그 나물에 그 밥만 먹는 꼴이지요. 날마다 같은 음식을 먹는다고 생각해보세요. 지긋지긋해서 뭔가 새로운 것을 찾게 될 겁니다.

새로움이 없는 삶은 죽음과 같습니다. 아무리 먹고 마시는 것이 풍족하다고 해도 날마다 똑같은 삶을 산다면 좀이 쑤시고 견딜 수가 없을 겁니다.

왜 그럴까요? 흥미를 받지 못하기 때문입니다.

새로운 삶을 이뤄나가기 위해서는 새로운 생각으로 이끌어나가야 합니다.

새로운 생각으로 가득 찬 사람은 혁신적이고, 긍정적이고, 창조적이어서 항상 같은 자리에 머물러 있는 것을 싫어합니다. 그래서 새로운 것을 찾기 위해 구하고, 두드리고, 발 빠르게 움직입니다.

그러면 무엇이 새로운 생각을 갖게 하는 걸까요?

자기만의 철학입니다. 자기만의 철학을 가져야만 주관이 분명하고, 긍정적인 마인드를 갖게 됩니다. 하지만 철학이 없는 사람은 늘 물가에 있는 어린아이 같이 위태위태합니다. 철학이 없다는 것은 뿌리 없는 나무와 같아 작은 시련에도 쉽게 넘어지고 포기합니다. 그래서 새로운 삶을 살아갈 수 없는 것입니다.

자기만의 철학이 있는 사람은 남들이 뭐라 하던 간에 자신의 자기가 옳다고 생각하는 일이나 하고 싶은 일은 목숨을 걸고 하는 성향이 있습니다. 자기만의 철학은 인생의 빛이며 꿈을 주는 나침반입니다.

KBS 8부작 드라마 〈화이트 크리스마스〉를 연출한 김용수 PD.

그는 18년 동안 드라마를 제작해왔습니다. 18년이면 강산이 두 번이나 바뀔 만큼 긴 세월이지요. 그런데 놀랍게도 그가 만든 드라마는 단막극 13편이 고작입니다. 시간에 비하면 너무 적습니다.

또, 그 흔한 일일연속극은 물론 미니시리즈조차 없습니다.

나는 솔직히 이에 대해 의구심이 일었습니다.

아니, 18년차의 드라마 PD가 일일연속극은 물론 미니시리즈조차 없다니! 분명 문제가 있다고 생각했습니다. 실력이 없거나 아니면 밉보였거나.

그런데 그런 내 생각이 매우 잘못됐다는 걸 알았습니다. 그이야말로 무언가를 보여주는 실력파였던 것입니다. 그는 2005년의 〈황금숲 토끼〉, 2007년의 〈은둔하는 북의 사람〉 등 시청자들에게 자기만의 메시지를 제시하는 좋은 작품들을 만들었습니다.

그렇다면 왜 그는 단막극만 고집하는 걸까요? 그리고 지나치게 과작寡作일까요? 그는 이에 대해 이렇게 말했습니다.

"저라고 왜 유명해지고 싶지 않겠습니까. 그런데 미니시리즈를 하려면 시청률을 생각해서 어쩔 수 없이 타협해야할 부분들이 있잖아요. 저는 그런 드라마를 못마땅하게 여기는 것이 아니라 그냥 저와 안 맞습니다. 그래서일 뿐입니다."

그는 자기만이 추구하는 색깔과 의식으로 살아 있는 드라마를 만들고 싶다고 했습니다. 덧붙여 현실을 있는 그대로 드러내 시대의 부조리를 비판하는 드라마를 만들고 싶다고도 했습니다. 그는 선배나 후배 PD들에게 4차원 같은 사람입니다.

자기만의 고집으로 자기만의 색깔을 내고 싶은 김용수 PD. 그가 자기만의 것을 추구하는 것은 그만의 철학인 것입니다.

사람은 누구나 그런 자기만의 철학을 가져야 합니다.

하지만 오늘을 사는 청춘들 중엔 철학이 없는 사람들이 의외로 많은 것 같습니다. 이래도 흥!, 저래도 흥! 하는 것은 좋지 못합니다. 그건 철학이 없는 공허한 사람이라는 뜻이 되니까요.

김용수 PD가 오랜 세월을 견뎌내고 지금은 개성 있는 PD로서 주목을 받는 것은 자기만의 철학을 품고 인기와 돈, 명예 등 누구나 꿈꾸는 것들을 마음으로부터 비워냈기 때문입니다.

자신이 원하는 일을 하고, 자신만의 길을 가고 싶다면 자기만의 철학을 가져야 합니다. 그런 사람이 인생을 풍요롭게 살 수 있습니다.

24 낙관론자가 되라

사람은 어려운 상황에 놓이게 되면 상반된 모습을 보입니다. 꿈을 잃지 않는 쪽과 꿈을 포기해 버리는 쪽으로. 무엇이 이와 같은 상반된 생각을 갖게 하는 것일까요?

그것은 긍정적이고 낙관적인 마인드와 부정적이고 비관적인 마인드의 차이에서 오는 결과이지요.

그러면 왜 누구는 긍정적이고 낙관적인데 누구는 부정적이고 비관적인 생각을 갖게 되는 것일까요? 그 이유에 대해 몇 가지로 살펴보겠습니다.

첫째, 사람마다 타고난 성격의 차이입니다.

둘째, 무슨 일을 해결하려는 의지의 차이입니다.

셋째, 자신의 꿈에 대한 성취도의 차이입니다.

넷째, 창의적인 상상력과 도전 정신의 차이입니다.

이러한 이유로 누구는 긍정적이고 낙관적인데 누구는 부정적이고 비관적인 생각을 갖게 되는 것입니다.

빈농의 아들도 태어나 부두노동자로 시작해서 쌀가게 배달부와 쌀가게 주인, 자동차 수리업자와 건설회사를 거쳐 세계적 기업 〈현대〉를 창립하고 이끌어 온 정주영.

그는 전국경제인연합회를 이끌며 어려울 때마다 창의적이고 저돌적인 의지로 밀어붙여 하는 일마다 성공시킨 우리나라 경제 건설의 선구자였습니다. 경부고속도로, 우리나라 최초의 다목적 댐인 소양강 댐은 물론 남들이 하기 주저하고 꺼리는 일을 그는 모두 멋지게 해냈습니다.

그가 엄청난 경제력을 쌓을 수 있었던 것은 불패의 정신과 확고한 신념, 그리고 낙관적이고 능동적인 자세를 꾸준히 견지해나갔기 때문입니다. 그랬기에 세계 누구와 견주어도 결코 뒤지지 않는 기업인이 되었던 것입니다.

정주영은 말합니다.

"무슨 일이든 그 결과에 대해서 낙관하라, 긍정적으로 생각하라."

미국의 작가이자 컨설턴트인 마이클 J. 겔브는,

"낙관론자는 좋은 꿈이 이뤄질 거라고 믿고, 비관론자는 나쁜 꿈이 이뤄질 거라고 믿는다."

고 했습니다.

정주영과 겔브가 말했듯이 무엇에 대해 낙관하는 것은 참 좋은 자세입니다. 반대로 낙관하지 못하는 것은 나쁜 자세입니다. 낙관론자와 비관론자는 글자 한 자의 차이지만 거기에서 오는 결과는 상상을 초월합니다.

성공한 사람들은 모두가 낙관론자입니다. 성공한 사람치고 비관론자는 한 사람도 없다는 것을 잊어서는 안 될 것입니다.

자신이 꿈을 이루고 성공한 인생이 되고 싶다면 절대로 비관하지 마십시오. 성공하려면 낙관론자가 되어야 합니다.

자신이 원하는 일을 하고,
자신만의 길을 가고 싶다면
자기만의 철학을 가져야 합니다.

25 자기의 미래를 상상하라

청춘들이여, 꿈의 설계도를 갖고 있습니까?

그렇다면 다행이지만 혹여 그렇지 않다면 지금 당장 꿈의 설계도를 그리십시오. 초고층 빌딩을 짓고, 인천대교 같은 웅장한 다리를 놓고, 거대한 항공모함 레이건호도 만드는 설계도를. 설계도가 없으면 그 어느 것도 할 수 없습니다.

사람은 누구나 자기 인생의 주인공입니다. 그런데 어떤 이는 멋진 주인공으로 사는데 어떤 이는 초라함 그 자체로 삽니다.

그런 결과를 가져오는 것은 꿈의 설계도가 있느냐 없느냐, 그리고 설계도대로 실행했느냐, 못했느냐 하는 데 있습니다.

꿈을 이루려면 그에 맞게 실행해야 합니다.

저 유명한 〈월든〉의 작가이자 생태학적 자연주의 사상가인 헨리 데이비드 소로는,

"꿈을 향해 담대하게 나아가라. 자신이 상상하는 대로 그 삶을 살아라."

라고 했습니다.

세계적으로 성공한 여성의 대명사 오프라 윈프리.

그녀는 미국 최초의 흑인 앵커이자 '오프라 윈프리 쇼'의 진행자로 맹활약하며 미국인들의 인기를 한 몸에 받고 있습니다. 또한 엄청난 부와 명예를 누리며 젊은 여성들의 존경을 받는 희망의 롤 모델입니다. 또 '에이미상'을 비롯해 영화 〈컬러 퍼플〉에 출연하여 '골든 글러브상'을 받았고, '아카데미' 여우조연상을 수상했습니다. 그리고 역경을 극복하고 자신의 분야에서 지도자로서 성공한 이들에게 수여하는 '호레쇼 알저상'도 수상했지요. 뿐만 아니라 1998년에는 힐러리 클린턴에 이어 미국에서 가장 존경받는 여성 2위에 뽑히기도 했습니다.

이처럼 큰 성공을 거둔 그이지만 어린 시절은 가난과 고통으로 얼

룩져 있습니다. 마약을 하고, 임신을 하는 등 최악의 불우한 시절을 보냈습니다.

하지만 그러한 극한 상황을 극복하고 새롭게 거듭나 성공할 수 있었던 것은 꿈의 설계도를 그려서 열정을 쏟아 실행한 결과이지요.

성공한 미래의 자신을 그려보는 것은 성공할 수 있다는 자기 암시적 효과를 줍니다.

"성공은 마음가짐의 문제다. 성공을 원한다면 먼저 자신을 성공한 인물로 생각하라."

미국의 심리학자 조이스 브러다스 말입니다.

브러다스의 말처럼 성공은 마음가짐의 문제입니다.

성공에 대한 열정을 품고 한 길로 나아가십시오. 그것이 성공으로 가게 하는 힘입니다.

어떤 사람도
산을 단숨에 오를 수는 없습니다.
아무리 유능한 산악인이라고 해도
마찬가지입니다.

26 인생에 한방은 없다

        "요행의 유혹에 넘어가지 마라. 요행은 불행의 안내자이다."

삼성그룹 회장 이건희의 말입니다.

현대와 더불어 우리나라의 양대 기업, 삼성을 이끄는 최고 경영자 이건희.

그는 우리나라 경제발전의 견인차로서 한 획을 그은 사람입니다. 아버지인 이병철의 후광을 업고 등장했지만 자신만의 경영철학으로 삼성을 세계적인 기업으로 키워냈습니다.

그의 경영마인드는 일찍부터 글로벌 경영에 초점이 맞춰져 있었고, 그것을 위해 꾸준히 탐구하고 투자를 했기 때문에 오늘의 성공을 일궈낼 수 있었던 것입니다. 그러니까 하루아침에 이룬 게 아니라 철저하게 계획을 세우고 꾸준히 최선을 다한 끝에 이룬 땀방울의 결실이라는 것이지요.

큰 꿈을 이루고 성공의 길을 간 사람들의 대개가 그러하듯이 그 또한 요행에 대해 단호하게 말합니다. 요행은 불행으로 인도하는 안내자라고.

그렇습니다. 요행을 바라면 요행으로 망하는 법입니다.

세상은 공짜를 바라고 요행이나 바라는 게으르고 나타한 사람을 좋아하지 않습니다.

이건희가 요행의 유혹에 넘어가지 말라고 한 것은 요행은 곧 허상이라는 것을 너무도 잘 아는 까닭입니다. 요행을 기다리지 말고 그 시간에 책을 읽고, 공부를 하고, 땀 흘려 실력을 연마해야 합니다. 그것이 성공으로 가는 가장 확실한 길입니다.

시인 로버트 브라우닝은,

"위대한 사람들이 도달한 높은 봉우리는 단숨에 오른 것이 아니라 다른 사람들이 자고 있는 동안 힘들여 한 걸음 한 걸음 올라간 것이다."

라고 했습니다.

큰 산을 오르는 법이나 작은 산을 오르는 법은 모두 간단 명료합니다. 한 걸음 한 걸음 걸어서 올라가는 것이지요. 빨리 가려고 욕심을 부려 두 걸음 세 걸음으로 오른다면 금방 지쳐 주저앉게 됩니다.

어떤 사람도 산을 단숨에 오를 수는 없습니다. 아무리 유능한 산악인이라고 해도 마찬가지입니다.

세계의 지붕이라고 불리는 히말라야의 8,000m 이상의 14좌를 세계에서는 여덟 번째로, 아시아에서는 처음으로 등정한 엄홍길 대장.

그가 꿈을 이루기 위해 들인 노력은 끈기와 인내 그 자체였습니다. 그는 한 순간도 게을러지려는 자신을 용납하지 않았습니다. 언제 어느 때고 예상치 못한 일이 벌어지기 일쑤인 등정은 목숨을 담보해야만 할 수 있는 고난도의 기술을 요하기 때문입니다.

그는 끝없는 훈련을 통해 쌓은 강인한 정신과 기술로 한발 한발 내딛은 끝에 자신이 원하던 14좌 모두를 오를 수 있었습니다.

인내는 쓰고 고통스럽습니다. 하지만 그것을 잘 극복해냈기에 세계적인 산악인으로 명성을 드높이게 된 것입니다.

우리나라 영화로선 최초로 100만 관객을 돌파한 영화 〈서편제〉를 만든 임권택 감독.

그는 영화 〈씨받이〉를 만들어 1988년 세계 3대영화제 중 하나인 이탈리아의 '베니스영화제'에서 고품격의 작품성을 인정받아 세계적인 감독이 되었지요.

또 2002년에는 조선말 천재화가인 장승업의 일대기를 그린 영화 〈취화선〉으로 제 55회 '칸영화제'에서 감독상을 수상하였습니다. 그리고 같은 해 우리나라 예술가에게 주는 최고의 훈장인 '금관문화훈장'을 받았고, 제 3회 '올해를 빛낸 한국인상'을 받았습니다. 역시 같은 해인 2002년에 제 23회 '청룡영화상' 감독상을 수상하였습니다.

그리고 2005년, 제 55회 '베를린 국제영화제'에서 '명예 황금곰상'을 받았으며, 2007년에는 역시 제 57회 '베를린 국제영화제'에서 다시 '명예 황금곰상'을 받았습니다. 또 영화발전에 기여한 공로를 인정받아 프랑스 정부에서 수여하는 '레지옹 도뇌르' 훈장을 받는 영예도 누렸습니다.

그가 만드는 영화마다 주목을 받을 수 있었던 것은 자신만의 개성 넘치는 창의적 작품으로 승부해서 승리했기 때문입니다. 그리 된 것은 뛰어난 재능도 있었지만 그보다는 어려운 환경 속에서도 희망을 안고 한발 한발 꾸준히 나아갔기에 가능했던 것입니다.

큰 성공이든 작은 성공이든 단숨에 이루어진 것은 없습니다. 땀을 흘려 꾸준히 노력한 끝에 이룬 결과입니다.

삶의 이치가 이런데도 어떤 이들은 노력의 과정 없이 성공을 이루려고 편법을 씁니다. 하지만 그렇게 해서 이루어진 성공은 별로 없습니다. 설령 그렇게 해서 이루었다고 해도 그것은 모래 위에 집을 지은 것과 같아 쉽게 무너져 내리고 맙니다.

지금 이 순간도 단숨에 무언가를 이루려고 한다면 그것은 단지 썩은 생각에 불과합니다. 그런 생각은 하지도 말고 믿지도 말아야 합니다. 오로지 꿈의 설계도에 맞춰 해야 할 일을 꾸준히 하라는 것입니다.

아무리 교통이 발달했다고 해도 원주에서 서울까지 한 달음에는 절대 갈 수 없습니다. 고속버스든 기차든 그만큼의 시간이 소요되어야 도착할 수 있는 것입니다.

인생에 한방을 믿지 마십시오. 한방은 없습니다.

한창 꿈의 밭을 일구는 청춘들은 이점을 잊어서는 안 됩니다. 어떤 요행도 절대 믿지 마십시오. 믿어야 할 것은 오직 자신의 노력과 열정입니다.

Bravo Wonderful Life

인생에 한방을 믿지 마십시오,
한방은 없습니다.

27 내가 글을 쓰는 이유

    "선생님은 어떤 이유로 글쓰기를 하는가요?"

언젠가 한 기자가 대뜸 물었습니다. 나는 두 가지로 말했습니다.

"크게 두 가지입니다. 첫째는 작가로서 나의 본분을 다 하기 위해서이고, 둘째는 살아가는 방편으로 쓰고 있습니다. 나는 이런 이유로 내 생명이 다하는 날까지 글을 쓸 겁니다. 그러니까 글은 내가 존재하는 이유이지요.

나는 하루도 글을 떠나서는 살 수 없습니다. 한시도 글을 쓰지 않는 나를 생각해본 적이 없어요. 글은 나의 영혼이며, 나의 분신이며,

나의 목적입니다. 또한 내 인생의 공기며, 바람이며, 햇빛이며, 사랑이며, 연인이며, 꿈이며, 이성이며, 철학이며, 이상입니다."

그러자 기자가 말했습니다.

"선생님은 운명적으로 작가가 된 분이군요."

그렇습니다. 글을 쓰는 것은 나의 운명입니다.

"나는 글을 쓸 때가 가장 행복하고 즐겁습니다."

이는 내가 한 학교에서 특강을 할 때 어떤 학생의 질문에 답한 말입니다. 그러자 듣고 있던 다른 학생이 말했습니다.

"저는 글 쓰는 게 너무 싫습니다. 그런데 선생님은 뭐가 그렇게 즐겁고 행복한가요?"

그 말이 채 끝나자마자 여기저기서 고개를 끄덕이며 공감을 표했습니다. 나는 웃으며 말했습니다.

"여러분, 여러분 중엔 축구를 좋아하는 사람, 노래를 좋아하는 사람, 그림 그리기를 좋아하는 사람 등 저마다 다르긴 하지만 그래도 좋아하는 게 한가지씩은 있을 겁니다. 그렇게 자신이 좋아하는 것을 할 때 즐겁지 않습니까?"

그러자 여기저기서 '예!' 하는 소리가 들렸습니다.

"그래요. 여러분이 좋아하는 것을 할 때 즐겁듯이 선생님도 선생님이 좋아하는 글을 쓸 때 즐겁고 행복합니다."

학생들은 고개를 끄덕이며 공감을 표했습니다.

이것이 내가 글을 쓰는 첫 번째 이유입니다.

다음은 내가 글을 쓰는 이유에 대해 말하고자 합니다.

물론 작가마다 다른 견해를 보이겠지만 내가 생각하는 작가는 오로지 글을 쓰는 것만으로 먹고 살아야 한다고 생각합니다. 왜냐하면 작가는 글을 쓰는 사람이기 때문입니다. 이건 너무도 당연한 말입니다만 자기 본분을 다 해내야 한다는 것을 강조하는 것입니다. 그렇다고 글쓰기 외적인 일을 하는 것을 반대하거나 비난하는 것이 아니니 오해는 하지 말아주시기 바랍니다.

글을 써서 큰돈을 버는 것은 대단히 어렵습니다. 밀리언 베스트셀러 작가가 되는 것은 하늘의 별따기만큼 힘들지요. 그간 글을 쓰며 느낀 건데 밀리언셀러 작가가 되기 위해서는 갖추어야 할 몇 가지 요인이 있습니다.

첫째, 작품이 시대와 잘 맞아야 합니다. 좀 더 구체적으로 말하면 시대적 이슈와 필연적으로 맞아야 한다는 것입니다. 핵문제가 불거졌을 때 김진명이 쓴 〈무궁화 꽃이 피었습니다〉와, 1990년대 후반 IMF 때 어깨 힘이 빠진 아버지들의 이야기를 쓴 김정현의 〈아버지〉가 대표적인 예입니다.

둘째는 작가와 출판사가 잘 맞아야 합니다. 모든 것은 다 제게 맞는 짝이 있듯 작가에게도 잘 맞는 출판사가 따로 있습니다.

셋째, 출판사의 개성 있는 판매전략입니다. 각종 매스 미디어의 서평, 광고 등 홍보가 책의 판매에 막대한 영향을 줍니다.

이렇게 크게 세 가지 관점에서 살펴볼 수 있습니다.

나도 밀리언셀러 작가가 되고 싶습니다. 하지만 되고 싶다고 해서 되는 것은 아닙니다. 그러나 최소한 내 글이 출판사의 매상고를 높여주기를 고대합니다.

평소에 나는 100만 권이 판매되는 베스트셀러 한 권보다는 만 권이 팔리는 책 100권이 더 낫다는 생각을 합니다. 이런 생각은 변함이 없을 겁니다. 그렇게 열심히 쓰다보면 밀리언셀러 작가가 될 수도 있겠지요. 그때는 감사하게 받아들이겠습니다. 하지만 무리를 하거나 편법을 써서 그렇게 되고 싶은 마음은 없습니다. 오직 노력으로 결실을 맺고 싶을 뿐입니다.

나는 내가 작가인 것이 자랑스럽습니다.

정치가나 기업가나 고급공무원이나 그 밖에 남들이 부러워하는 어떤 직업보다도 작가가 자랑스럽고 좋습니다.

나의 상상력으로 만든 작중 인물과 사건을 내가 추구하는 주제에 맞춰 탄생시키는 창조적인 작업인 글쓰기를 나는 사랑합니다.

나는 오늘도 책을 읽고 글을 씁니다.

나는 작가인 내가 참 좋습니다.

나도 밀리언셀러 작가가 되고 싶습니다.
하지만 되고 싶다고 해서
되는 것은 아닙니다.

hope

제3부

돈을 보고
일하지 말고
꿈을 위해
일하라

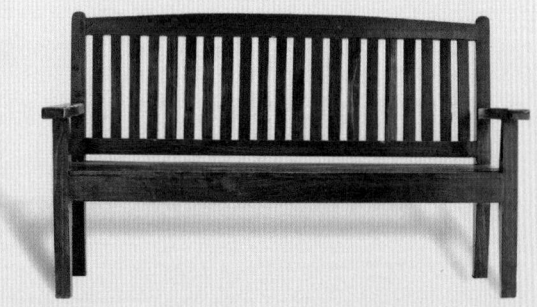

28 탐욕을 경계하라

사람을 위험에 빠트리는 것엔 여러 가지 요인이 있습니다.

자신의 능력을 벗어나는 일을 욕심 낼 때, 남의 것을 탐할 때, 남을 시기하고 모함할 때, 주체성을 잃고 방황할 때, 남의 것을 무조건 따라 할 때, 지나친 경쟁으로 이성異性을 무시하는 행동을 할 때, 겉모습을 보고 현혹될 때가 바로 그러합니다.

견물생심見物生心이라 했습니다.

인간은 본시 물질에 약한 존재입니다. 좋은 것을 보면 본능적으로 갖고 싶어 합니다. 인간에게 일어나는 불행은 대부분 분수를 모르는 탐욕에 있습니다. 그런데도 그것을 모릅니다. 아니, 알아도 모르는 척합니다.

모두 탐욕을 버리지 못하기 때문입니다.

지금 지구는 심한 몸살을 앓고 있습니다. 인간들이 하도 상처를 내어 드디어 곪기 시작했습니다. 자연을 마구 파헤치고, 더럽히고, 오염시켰기 때문입니다.

인간에게 먹을 것과 땔 것을 비롯해 모든 것을 아낌없이 주던 자연이 배신을 당하자 분노하고 있습니다.

최근 몇 년 동안 지구 곳곳에서 이상 현상으로 심각한 상태에 이르렀습니다. 얼마 전 인도네시아를 비롯한 주변 국가에 밀어닥친 쓰나미로 수만 명이 죽거나 다치고, 천문학적인 재산의 손실을 입었습니다.

또한 중국, 남아메리카의 아이티와 칠레, 뉴질랜드를 강타한 지진, 아이슬란드를 공포에 빠트린 화산 분출, 그리고 결정적으로 일본을 흔들어 놓은 지진과 해일이 그것입니다. 특히 일본의 지진은 상상의 한계를 뛰어 넘을 만큼 막대해서 만 명 넘게 죽고, 실종된 이들도 만 명이 넘습니다. 거기에다 후쿠시마 원자력발전소가 파괴되면서 분출하는 방사능 물질로 전 세계가 전전긍긍하고 있습니다.

우리나라도 예외는 아닙니자. 축산농가를 초토화시킨 구제역으로 아름다운 삼천리금수강산이 동물들의 무덤으로 변해버렸습니다.

자연재해현상은 인간의 욕심이 만들어 낸 인위적인 재앙입니다.

미국, 일본, 독일, 영국 같은 선진국의 일인당 GNP는 4만에서 5만 달러입니다. 우리나라는 2010년 말 기준으로 2만 달러를 약간 상회했습니다. 그런데 이러한 경제성장을 이루기 위해서 그동안 사람들은 많은 것을 감내해야 했습니다. 영토를 차지하려고 전쟁을 하고, 경제적으로 이기기 위해 혈안이 되어 있습니다. 이것 모두 더 잘살기 위한 몸부림입니다.

그런데 지구는 더 이상 그것을 용납하지 않으려는 것 같습니다. 지금보다 더 많은 것을 가지려고 한다면 그만큼 더 큰 재앙이 덮쳐올지 모릅니다.

방사능에 오염된 땅과 바다에서 길러지는 채소와 잡아올린 수산물은 먹을 수가 없습니다. 이렇게 땅과 바다가 오염되면 식량난으로 먹을 게 없어 서로가 서로를 죽이고 빼앗는 험악한 일이 벌어질지도 모릅니다. 아니, 분명히 그렇게 될 것입니다.

이런 이유로 나 개인적으로는 지금보다 더 잘사는 것을 원하지 않습니다. 지금도 이 지경인데 계속해서 자연을 해친다면 그건 분명 멸망으로 가는 지름길이 될 것입니다.

지금은 더 잘 사는 것을 목적으로 정책을 세울 것이 아니라 그동안 인간들이 망가트려놓은 자연을 회복시키기 위해 매진할 때입니다. 지구를 침탈하는 외계인들로부터 지구를 지키는 지구방위사령부를 창설하는 것이 아니라 지구를 본래의 무결점 상태로 만들기 위한 지구복구사령부를 만들어야 합니다. 만일 그렇지 않고 경제성장만을 고집부린다면 지구는 미래를 예측할 수 없는 지경에 이르게 될 것입니다.

탐욕을 버려야 합니다.

모든 근심과 불행의 원인은 탐욕에 있습니다.

나는 우리의 청춘들에게 이 말을 꼭 해주고 싶습니다. 좀 더 현명한 판단력으로 미래를 위해 에너지를 어떻게 사용해야 하는가에 대해 연구해야 한다고.

무엇이 되기 위해 사느냐보다는 어떻게 사는 것이 더 바람직한 일인지에 대해 진지한 성찰이 있어야 합니다. 그러지 않는다면 지금의 청춘들이 훗날 이 나라의 중심축이 되었을 때엔 더 큰 환란을 만나게 될지도 모릅니다.

나는 우리의 청춘들을 믿고 싶습니다. 아니, 믿겠습니다. 더 이상 지금의 삶의 방식을 이대로 답습하지 않을 것이라는 것을. 그래서 자신만이 아니라 모두를 위해 생각하고, 힘을 모으는 현명한 삶을 살아가길 희망합니다.

"불안한 마음으로 풍부하게 사는 것보다는 두려움과 걱정 없이 부족한 생활을 하는 것이 오히려 더 행복하다."

고대 그리스의 철학자 에픽테토스의 말입니다. 진정한 행복의 의미를 깨우쳐주는 말입니다.

많은 재물을 쌓아놓고 불안한 삶을 산다면 그것은 어리석은 일입니다. 조금은 모자라도 마음 편히 행복을 누리는 삶이 진실로 행복한 삶입니다.

Bravo Wonderful Life

탐욕을 버려야합니다.
모든 근심과 불행의 원인은
탐욕에 있습니다.

29 멀리 바라보라

　　　　　　　　한 치 앞을 내다보는 능력의 사람은 한 치 앞만 바라봅니다.

　두 치 앞을 내다보는 능력의 사람은 두 치 앞만을 바라봅니다. 그러나 멀리, 아주 멀리 내다보는 능력의 사람은 그만큼 멀리 내다봅니다. 즉 자신이 바라볼 수 있는 만큼 바라보게 된다는 말이지요.

　멀리 내다본다는 것은 미래지향적이라는 뜻입니다. 지금은 비록 힘들고 어려워 때론 절망하기도 하지만 그것을 참고 견디어 나가면 멀리 바라볼 수 있습니다.

　그런데 그것을 알고도 그러지 못하는 것이 우리 인간입니다. 그 이유는 인간이 지혜로운 것 같지만 우매하기 때문입니다.

과연 그럴까요?

아닙니다. 인간은 지혜로운 존재입니다.

인간들 중엔 지혜로운 유전자를 가진 이들이 있습니다. 우리 사회가 발전해나가는 것은 그런 사람들이 있기에 가능한 것입니다.

지혜로운 사람들에겐 몇 가지 특징이 있습니다.

첫째, 멀리 내다보며 자신의 꿈을 키웁니다.

둘째, 신념과 의지가 강합니다.

셋째, 현실에 안주하지 않습니다.

넷째, 자신이 남과 다르기를 바랍니다.

다섯째, 투철한 인생관을 갖고 있습니다.

여섯째, 고통을 기꺼이 받아들여 긍정의 에너지로 만듭니다.

일곱째, 자신만의 원칙이 있습니다.

남아메리카의 강대국 브라질의 전 대통령 루이스 이나시우 룰라 다 시우바.

그는 노동자 출신으로 브라질을 진흙 구덩이에서 구한 영웅입니다. 그가 가장 존경받는 대통령이며 영웅인 것은 그에 대한 국민의 지지율이 무려 87%나 된다는 데서 확인할 수 있습니다. 그것도 퇴임하는 대통령에게. 일찍이 어느 나라에서도 볼 수 없는 현상입니다.

그는 1945년, 브라질 북동부 페르남부코 주의 빈농 가정에서 태어나 열한 살 때부터 땅콩팔이, 구두닦이, 세탁소 점원, 전화교환원 등의 일을 하며 잔뼈가 굵었습니다. 그리고 열다섯 살 되던 해 정부에서 운영하는 국가기술연수원에 들어가 3년 동안 선반공 교육을 받고 금속공장에 취업해 일했습니다. 당시 그의 꿈은 가정을 꾸려 평온하게 사는 거였습니다.

그러나 그는 1980년, 금속노조위원장으로 선출되면서 전국적인 인물로 급부상했습니다. 그는 브라질 사상 최대 규모의 파업을 잇따라 성공적으로 주도하며 국민들의 지지를 한 몸에 받는 영웅이 되었습니다. 그리고 노동자당을 창당하여 전국 최다득표로 당대표에 당선되며 정계에 진출했습니다. 그리고 세 번의 실패 끝에 2002년 10월 대선에서 승리하여 대통령이 되었고, 연임에 성공했습니다.

그가 국민들에게 절대적인 신임을 받는 이유는 무엇일까요?

그는 '부드러운 좌파'를 표방하며 중도 실용주의 노선을 취함으로써 국가부도로 치닫던 브라질 경제를 회생시켰습니다. 그래서 수십 년 넘게 채무국으로 있던 브라질을 채권국으로 바꾸어 놓았습니다.

그후 브라질은 빈곤과 기아에서 벗어나 경제성장 국가가 되었습니다.

그가 그리 할 수 있었던 것은 가난 속에서도 멀리 내다보며 정의로운 생각과 실천으로 최선을 다했기 때문입니다. 또 자신만의 안위보다는 다 함께 잘사는 삶을 지향했기 때문입니다.

진정으로 행복한 삶을 살기를 원한다면 자신의 앞만 바라보지 마십시오. 근시안적인 삶은 발전이 없습니다. 적어도 남과 다른 내가 되고 싶다면 멀리 내다보는 안목을 키워야 합니다.

높이 나는 새가 멀리 볼 수 있어 먹이를 잘 구하는 것처럼 우리의 삶 또한 그렇다는 것을 마음에 새겨 실천한다면 분명 보람 있는 인생을 살게 될 것입니다.

미국의 저명한 심리학자 윌리엄 제임스는,

"일단 어떤 결단을 내리면 그 다음에 해야 할 일은 오직 실천뿐이다. 그 결과에 대한 책임과 걱정은 완전히 버려야 한다."

고 말했습니다.

맞습니다.

멀리 내다보고 자신이 품은 꿈을 향해 힘써 나아가십시오.

30 돈을 보고 일하지 말고
꿈을 위해 일하라

　　　　　　돈만을 위해 일한다면 그는 사람이 아
니라 돈벌레입니다. 벌레가 되고 싶은 사람은 어디에도 없겠지요.

　　돈이 목적이 돼서는 안 된다는 게 내 생각입니다. 돈은 먹고, 입고,
마시는 의식주를 해결하는 방편에 그쳐야지 그 이상의 목적이 된다면
참된 삶의 가치를 잃게 될 것입니다. 실제로 그런 사람들을 많이 보았
습니다.

　　돈은 삶을 윤택하게 해주지만 반대로 타락하게 만드는 이중성을
가진 존재입니다. 없으면 불편하고, 넘치면 올바른 삶의 궤도에서 벗
어나게 합니다. 돈은 필요한 만큼만 있으면 됩니다. 더 많은 것을 바

라니까 허황된 길로 가는 것입니다.

진정한 행복은 돈에 있지 않습니다.

로또 복권에 당첨된 사람들 중 상당수는 돈을 날리고 원래의 모습으로 돌아온다고 합니다. 되려 노숙자로 전락하여 구걸하는 사람도 있다고 합니다. 돈이 사람을 허영에 물들게 했고, 결국 피폐하게 만들었다는 것이지요.

왜 그런 현상이 생기는 걸까요?

돈은 사람을 교만하게 하여 진정성을 잃게 만들기 때문입니다. 정직한 사람을 부정적인 사람으로 만들기도 합니다. 또 돈이면 무슨 일이든지 다 된다는 배금사상에 물들게 하고, 가지면 가질수록 더 많이 가지려는 탐욕을 길러주기 때문입니다. 이렇듯 돈은 사람을 현혹시켜 본래의 존재가치를 망각하게 만듭니다. 물론 돈을 제대로 쓰면 참 좋은 것이지요. 하지만 잘 쓰는 사람에 비해 잘못 쓰는 사람들이 더 많다는 게 문제입니다.

2002년 노벨 경제학상 수상자인 데니얼 카너먼은 돈이 인간에게 미치는 영향에 대해 연구했는데, 그 중심 내용을 간단히 요약하면 이러합니다.

'돈이 인간에게 기쁨을 준다고 믿지만 그것은 환상이고, 단지 일시적으로 기쁨을 줄 뿐이다. 오히려 부를 쌓게 되면 우울해진다. 왜냐하면 자신이 바라던 부를 얻었지만 완전한 행복이 되지 않음으로 해서 행복한 미래로 이끌어 줄 대상이 없다는 것을 알게 되어 좌절하고 절망하기 때문이다.'

아주 정확한 지적이 아닐 수 없습니다.

내가 아는 어떤 이는 어느 날 갑자기 돈방석에 앉았습니다. 그는 도시 변두리에 약간의 땅을 가지고 있었는데 아파트가 들어서는 바람에 수십억 원을 손에 쥔 것입니다. 그는 하던 일을 접어두고 매일 포커를 하고, 술을 마시는 등 흥청망청 생활을 했습니다. 그러는 가운데 돈은 다 날아가고 하루아침에 빈털터리가 되었습니다.

우리는 이런 사람들을 흔히 볼 수 있습니다.

돈은 착실한 사람을 하루아침에 게으름뱅이로 만들어 버립니다.

돈을 너무 믿지 말아야 합니다. 너무 믿으면 사정없이 배신을 하고 파멸로 내몹니다.

그렇다면 어떻게 하는 게 잘사는 것일까요?

돈을 보고 일하지 말고, 꿈을 위해 일하는 것입니다. 꿈은 사람을 나쁜 길로 가게 하지 않습니다. 진정성을 갖게 하고, 땀방울의 소중함을 가르쳐줍니다. 또한 기쁨을 주고, 자신의 존재가치를 소중한 것으로 인식하게 만듭니다. 그래서 꿈을 위해 노력하는 사람들의 얼굴은 3월 봄빛처럼 환합니다. 마음은 부드럽고 온화합니다.

꿈은 사람을 긍정적으로, 또 능동적으로 변화시킵니다. 용기를 주고, 보람을 갖게 하며, 마르지 않는 샘처럼 기쁨을 줍니다.

청춘들이여, 돈을 보고 일하지 말고 꿈을 위해 즐겁게 일하기 바랍니다.

31 독사필멸毒思必滅

산과 들이 깊은 겨울잠에서 깨어나 기지개를 켜던 3월 중순, 모처럼만에 친구를 만나기 위해 그가 정해준 장소로 나갔습니다.

내가 그동안 친구들 모임에 이 핑계 저 핑계 둘러대고 나가지 않자 급기야 그가 협박(?)을 해대는 바람에 나갈 수밖에 없었습니다.

사실 몇 군데 강의를 하고 방송 준비를 하는 관계로 바쁘기도 했지만, 그보다는 번거로운 것이 싫었습니다. 그렇게 된 것이 언제부터였는지 정확하지는 않지만 아마 등단해서 본격적으로 글을 쓰기 시작할 무렵부터가 아닌가 합니다. 그러다 보니 친구들을 어쩌다 만나면,

"죽지 않고 살아 있었네."

하고 농을 던지기도 합니다. 그럴 때마다 나는,

"바쁜 일이 좀 있어서."

하고 웃음으로 때워 넘기곤 했습니다.

외출이 자주 없다보니 카페나 커피숍에 가는 일이 극히 드뭅니다. 그래서 어쩌다 그런 곳에 가면 어색함을 떨칠 수가 없습니다.

거리는 봄기운이 잘잘 흐르고 있었습니다. 역시 봄은 생명의 계절입니다.

약속한 카페로 들어갔습니다. 그곳은 젊은이들의 공간인 듯 나처럼 나이 든 사람은 볼 수 없어 약간의 당혹감이 들었습니다. 어쨌든 한쪽 구석에 자리를 잡고 앉았습니다.

그러다 무심코 옆에 있는 세 명의 아가씨들을 보게 되었는데, 하나같이 담배를 피우고 있었습니다. 다른 쪽 아가씨들도 마찬가지였습니다. 그 모습이 새삼스러운 것은 아니지만 그렇다고 유쾌한 일도 아니었습니다. 그러나 어쩌겠습니까. 시대의 흐름이 사람들의 의식구조와 패턴을 바꾸어 놓았는데.

그런데 예의 세 아가씨의 얘기를 듣고는 암담한 굴속으로 빠졌습니다.

"야, 요즘 세상에 순정은 무슨 말라비틀어진 순정이니? 그게 밥을 주니, 옷을 주니?"

"그래도 순정은 지켜야 해."

긴 머리의 아가씨 말에 단발머리 아가씨가 말했습니다. 그러자 이번엔 안경 쓴 아가씨가 말했습니다.

"수미 말이 맞아. 순정은 무슨 순정이야. 그딴 것 다 소용없어. 적당히 즐기다 돈 많은 사람 하나 골라잡으면 돼."

"그래, 친척 언니 중에 공부는 지지리도 못하고, 허구한 날 남자들이나 만나러 다니고, 여고 때부터 담배와 술만 먹었는데도 시집만 잘 가더라. 지금 큰 경양식집을 하는데 어찌나 재는지 눈꼴시어 못 봐준다니까."

"맞아, 맞아. 돈만 많으면 홀아비면 어때. 순정 팔아갖곤 어느 세월에 삐까한 자가용 굴리고, 해외에 나가 골프 치겠니? 영숙이 너는 어느 시대 사람이냐?"

"야, 너희처럼 그렇게 살면 이 세상은 벌써 망했을 거야. 난 그래도 순정을 지켜 멋진 연애 한번 해보고 싶어."

"야, 꿈 깨라, 꿈 깨. 적당히 지내다가 재벌 2세 하나 꿰찰 연구나

해. 또 요즘 꼰대들 중 우리 같은 애들한테 은근히 관심 두는 사람들 많아. 난 기회만 오면 아무나 탁 잡아챌 거야."

"나도 그래. 공부 백날 해봐라. 그 시간에 몸매 관리나 하는 게 백 번 실속 있지."

그들의 거침없는 이야기를 들으며 나는 주먹에 불끈 힘이 들어갔습니다. 세상살이가 물질 우선주의로 바뀐 지 오래지만 한창 아름다운 꿈을 다듬고 가꾸어야 할 스물 갓 된 그들의 생각 속엔 참으로 더러운 독毒이 들어 있었습니다. 그 독이 다른 친구들에게 퍼져가는 것을 보며 나는 참담해졌습니다.

단발머리 아가씬 친구들의 생각을 나름대로 논리 있게 반박을 했지만 지지하는 사람의 수에서 밀리다 보니 나중엔,

"야, 그만 하자. 그만해."

하고는 말꼬리를 내렸습니다.

그것이 우리 젊은이들 모두의 생각은 아닐 것입니다. 그러나 그런 생각을 갖고 있는 젊은이들이 있다는 것, 그리고 여러 사람이 있는 공공장소에서 거침없이 쏟아져 나오는 것은 슬프고 가슴 아픈 일입니다.

왜 그런 생각을 갖게 되었을까요?

두 말할 것 없이 우리 기성세대들의 책임입니다. 이젠 조금 먹고

살만해졌다고 골프다, 해외여행이다, 하며 과소비에 앞장서대니 그것을 보며 자란 어린 자식들이 그렇게 될 수밖에 없을 것입니다.

한탕주의가 판치고, 금권만능주의에 오염된 지 이미 오래이지만 늦었다고 생각할 때가 적기라는 말을 상기해야 하겠습니다.

참된 삶은 거저 이루어지고, 생겨나는 것이 아닙니다. 그에 따르는 노력과 실천이 있어야 합니다.

노벨문학상 수상 작가인 어니스트 헤밍웨이는,

"나는 우연히 성공한 것이 아니라 꾸준한 노력으로 상공한 것이다."

라고 했습니다.

우리가 파랑새라고 여기는 행운도 헤밍웨이의 말대로 꾸준히 노력하고 성실하게 사는 이들에게 찾아오는 하나님의 선물인 것입니다.

그러나 이런 행운을 기대하기보다는 자기에게 주어진 일을 열심히 해 나가야 합니다. 그러다보면 자기가 생각했던 것 이상으로 기쁨의 열매가 열리는 것입니다.

세 명의 아가씨의 대화에서 요즘 젊은이들의 생각을 확인하고 씁쓸하고 우울한 감정을 떨칠 수 없었습니다.

차가 막혀 늦었다며 겸연쩍은 표정으로 들어온 친구가 그런 불편

한 심기를 밀어내주기는 했습니다만 그날 내내 먹구름 낀 날씨마냥
우울한 마음은 가시지 않았습니다.

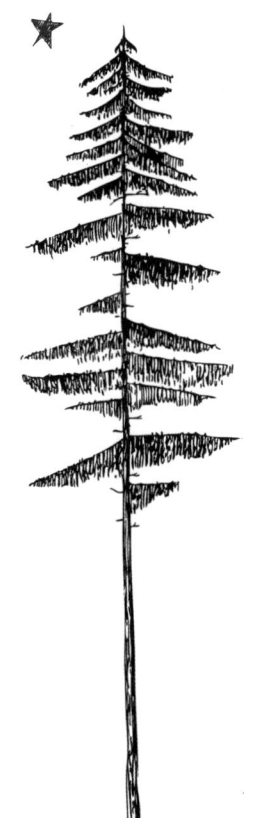

32 고독한 질주

아무도 없는 새벽 고속도로를 홀로 달려 보십시오. 무슨 생각을 하게 되는지.

사람에 따라 다르겠지만 심한 고독감을 느낄 것입니다. 그 길이 멀면 멀수록 어둠이 주는 두려움과 공허함이 황야의 외로운 나그네로 만들어 줄 것입니다.

나는 어쩌다가 서울에서 일이 늦어 새벽에 원주에 있는 집으로 돌아올 때가 있습니다. 그런 때면 개운한 마음보단 암담한 생각이 나를 지배합니다.

'나는 왜 이 새벽에 길 위에 있어야 하는가?'

하는 의구심이 꼬리를 물며 온갖 상상의 하늘로 유영합니다.

사람이 고독하면 삶의 의욕을 잃어버릴 경우가 있습니다. 친구, 가족, 그리운 사람들까지, 모든 이들로부터 떠나고 싶어집니다. 재화가 산처럼 쌓여 풍요로움을 누려도 정신적 고독감을 풀어주지 못합니다.

오늘을 사는 사람들 대부분은 고독을 느끼며 삽니다. 겉으로 드러내지 않을 뿐, 깊은 밤 조용한 시간에 진한 어둠 속에 묻혀 있으면 누구라도 고독을 느낄 것입니다. 자칫 인생이 허무하게 생각되어 자기가 하는 일에 회의를 느낄 수도 있습니다.

고독을 못 느낀다고 하는 사람은 단지 잠시 잊는 것뿐이지 궁극적으론 잠재된 의식 속에 깊이 뿌리를 내리고 있음을 부인하지 못할 것입니다.

인기 연예인이 화려한 스포트라이트를 받으며 자신을 미친 듯이 격정에 내맡기다가 열광하던 관객들이 떠나고 혼자 남았다는 것을 확인하게 되면 죽음보다 더 깊은 고독을 느낀다고 합니다. 그래서 마약으로 감정을 다스리려고 하다가 줄 위에서 떨어진 곡예단의 원숭이가 되고 맙니다.

몇 년 전의 일입니다.

글쓰기 지도를 받는 아이들의 작품을 모아 책을 내고 출판기념회 겸 시낭송회를 했습니다. 두 시간의 행사를 위해 근 두 달 가까이 연습을 시키고, 책을 만드는 등 열정을 바쳤습니다.

그렇게 해서 행사를 잘 끝내고, 화려한 갈채가 떠나자 그 뒤에 오는 공허함은 고독 그 자체였습니다. 옆에 사람들이 있어도 나 홀로 있는 듯 며칠을 허공에 떠서 보내야 했습니다. 그 때의 적막감은 정말 무덤과도 같아 숨이 막히고 일이 손에 잡히지도 않았습니다. 고독이 주는 깊은 절망감을 맛보았던 것입니다.

"절망은 죽음에 이르는 병이다."

라고 키에르케고르는 말했습니다.

또 보브나르그는,

"절망은 우리들의 전진을 가로막고, 희망을 좀 먹는다. 또 강한 의지를 꺾어 눕히고, 연약한 힘마저 견디기 어렵게 만든다. 절망은 죽음보다 더 무서운 현상인 것이다."

라고 했습니다.

절망은 정말 무서운 것으로, 파멸을 뜻합니다. 정신을 말살시키는 것은 물론, 긍정적인 마인드를 부정적인 마인드로 변질시켜버립니다.

현대인들은 자신의 삶을 되돌아 볼 겨를도 없이 바쁘게 살고 있습니다. 왜 사는지조차 모르고 삽니다. 목숨이 붙어 있으니 죽지 못해 살면서 이왕 살 바엔 즐기면서 살자는 생각에 온갖 방법으로 돈을 버느라 도덕적 가치관도 잃고 맙니다. 그래서 섹스와 마약과 도박에 빠져 개처럼 사는 것입니다.

이러한 예는 정상적인 사고방식에서 벗어난 경우이겠으나 보편적인 사람도 가끔은 유혹을 받습니다.

요즘 길을 가는 사람들을 보면 모두 정신이 없어 보입니다. 그냥 천천히 가도 될 텐데 무조건 달리고 봅니다. 운전대를 잡은 사람은 신호등이 바뀌기도 전에 클랙슨을 울려댑니다. 차창 밖으로 침을 뱉고, 담배꽁초를 던집니다. 함부로 길에다 방뇨를 하고, 쓰레기를 버립니다. 남이야 어찌됐건 상관치 않습니다. 도덕불감증 내지는 문화 불감증, 이것이 사람들을 비정상적으로 만듭니다.

세상이 너무 바쁘게 돌아갑니다. 물질적으로는 풍요로워졌으나 인륜에 대해서는 성찰이 없습니다. 그런 때의 느낌은 어린 시절 낮잠을 자다 일어났는데 아무도 없을 때의 스산함처럼 몸을 오싹하게 합니다.

나 또한 그런 경험이 있습니다. 그때의 감정은 말로 형용키 어렵습니다. 그 때 나는 그것을 해소하는 방법으로 울었습니다. 큰소리로 엉 엉 울면 누군가가 왔습니다. 그래도 안 오면 동네를 구석구석 누비며 엄마를 찾아다녔습니다.

오늘날 많은 사람들이 이런 현상에 처해 있습니다. 많은 사람들 – 바쁘게 자기 존재까지 잊고 사는 현대인들–에겐 기댈 언덕이 없습니다. 그들이 안식하고 기댈 정신적 문화가 상대적으로 궁핍한 것입니다. 그러다보니 음주, 도박, 섹스에 정신적 퇴적물을 쏟아 붓는 것입니다.

앞에서 말했듯이 우리는 고속도로 한가운데 놓여진 고독한 질주자입니다. 지금의 시대는 정신적 고갈의 빙하기입니다.

가난할 땐 물질을 갖는 것이 희망이며 낙이었습니다. 사람들은 그 희망을 위해 삽과 망치를 높이 들었습니다. 그러나 물질이 우리 곁으로 와 있는 지금, 그 물질로 인해 인간성이 황폐화되는 아이러니가 확산되고 있습니다. 정신적 빙하기가 시작된 것입니다. 높이가 수십 미터에서 수백 미터에 이르고, 넓이가 수백 수천 평방미터에 이르는 북대서양의 거대한 빙하가 지금 우리를 급습하고 있습니다. 소름이 끼칩니다.

이를 빨리 인식해야 합니다. 그것으로부터 벗어나야 합니다. 그러기 위해선 독서와 문화생활을 통해 고갈된 정신의 갈증을 풀어야 합니다. 묵은 옷의 먼지를 털고 손질을 하듯 우리의 전통을 잇고, 윤리와 도덕을 일깨우는 교육을 범국민적으로 시행해야 합니다. 겉치레로 하는 형식은 의미가 없습니다. 그렇게 형식에 얽매이다보면 자아상실의 시대가 올 것입니다.

인간은 우주 만물의 으뜸입니다.

창조주께서도 피조물 가운데 유독 인간들에게만 창의력, 자생력, 생각하는 힘, 윤리와 도덕관을 주었습니다. 인간에게만 준 축복입니다. 이것을 가벼이 하는 것은 조물주의 뜻을 거스르는 행위입니다.

나를 바로 보는 눈을 가져야 합니다. 볼 것만 보고, 들을 것만 들어야 합니다.

괴테는,

"인간은 자기를 육체적으로나 도덕적으로 반성해 보면 대개는 자기가 병에 걸려있는 것을 발견한다."

라고 말했습니다. 이 말은 자신을 바로 보는 의식이 있을 때 건강한 삶을 살 수 있고, 행복한 인생을 구가할 수 있다는 것입니다.

하이네도,

"재간은 없어도 인격은 구비해야 한다."

고 했고, 토마스 하디는,

"묵직한 인격의 소유자는 떠돌이별처럼 그의 궤도 주위에 대기를 지니고 다닌다."

라고 했습니다.

이 세상에서 가장 무서운 것은 총칼도, 물질도 아닌 정신적 빈곤입니다. 따라서 삶을 가벼이 대하면 안 됩니다.

Bravo Wonderful Life

세상이 너무 바쁘게 돌아갑니다.
물질적으로는 풍요로워졌으나
인륜에 대해서는 성찰이 없습니다.

33 아픔도 지나면 희망이다

사람은 살아가는 동안 많은 일을 겪습
니다. 사랑하는 사람을 만나 꿈같은 시절을 보내기도 하고, 사랑하는
이와 헤어지는 슬픔도 당하게 됩니다. 가슴 벅찬 기쁨과 살을 에는 고
통도 만나게 되고, 온몸을 쥐어짜며 눈물을 흘리기도 하고, 세상을 온
통 다 가진 듯한 기쁜 일도 경험합니다.

아픔 역시 우리가 만나게 되는 손님입니다.

이러한 일은 피한다고 해서 피해지는 것이 아닙니다. 언제, 어디
서, 어떤 모습으로 만나게 될지 모릅니다.

누구나 반갑고 기쁜 손님만 만나길 원할 것입니다. 그러나 그렇지

못하는 것이 인생입니다.

'기적의 테너'라고 불리는 성악가 배재철.

그는 이탈리아 밀라노 베르디국립음학원에서 수학하면서 시미오나토 콩쿠르, 플라시도 도밍고 오페랄리아 콩쿠르, 스페인 하우메아 라갈 콩쿠르, 빌바오 콩쿠르 등 세계적인 콩쿠르를 석권했습니다.

그리고 1998년 헝가리 미슈콜츠시립극장에서 오페라의 주역으로 자리를 잡았고, 2003년에는 일본에서 베르디의 〈일트로바토레〉를 화려하게 공연하였습니다. 영국에서 〈라보엠〉을 공연했을 때 〈더 타임스〉로부터,

"아시아에서 100년에 한번 나올까말까 한 목소리."

라는 극찬을 받으며 승승장구했습니다. 그러던 중 2005년 갑상선 암 선고를 받고 수술을 받다 성대 신경이 끊기는 최악의 사태를 맞았습니다.

그는 하늘이 무너져 내리는 충격에 절망했습니다. 그렇게 실의에 빠져 지내던 중 2004년, 2005년 그에게 일본공연을 주선하여 클래식 한류바람을 일으켰던 프로듀서 와지마 도타로의 주선으로 갑상연골 성형수술의 창안자인 교토대학의 이시키 노부히코 명예교수에게 성

대복원수술을 받았습니다.

그 후 그는 피나는 훈련을 통해 60% 정도 성대를 복원해내는 기적을 이뤄냈습니다. 그리고 2011년 4월 20일 '더 페이스 콘서트 -노래에 살고 사랑에 살고' 연주회를 열었습니다. 시련을 극복하고 제 2의 새로운 인생을 멋지게 시작한 것입니다.

40대에 미국 포드자동차회사의 사장이 되어 8년 동안 최고의 자리를 지킨 리 아이아코카.

그는 사업의 흐름을 정확히 꿰뚫는 탁월한 감각과 창의력 넘치는 아이디어로 정평이 난 인물입니다.

그랬던 그가 어느 날, 특별한 이유 없이 포드 사로부터 해고되어 시름의 나날을 보냈습니다. 하지만 그는 꿈을 잃지 않고 재기를 꿈꾸던 중 미국 자동차 빅 쓰리 중 하나인 크라이슬러 사로부터 러브콜을 받았습니다. 그래서 크라이슬러 사의 사장이 되었지요.

그는 신속하게 크라이슬러 사의 문제점을 찾아내 하나씩 해결해 나감과 동시에 신제품 개발에 전심전력한 끝에 빚을 청산하고 흑자회사로 만들었습니다. 자신의 진면목을 여실히 보여줌으로써 능력이 녹슬지 않았다는 것을 온 세상에 당당히 증명했지요.

그가 성공할 수 있었던 것은 아픔과 좌절을 극복하고 최선을 다했기 때문입니다.

행복하게 사는 부부가 있었습니다. 그들은 세상의 행복을 다 가진 듯 하루하루를 즐겁게 생활하였습니다.

그러던 어느 날, 있어서는 안 될 일이 발생하고 말았습니다. 남편이 직장에서 오해를 샀던 것입니다. 그는 너무나 억울해서 몇 날 며칠을 밤잠을 설치며 괴로워했습니다. 자신이 한 일이 아니라며 해명을 했지만 동료들은 그의 말을 믿어주지 않았습니다. 그는 자신의 오해를 풀기 위한 마지막 방법으로 죽음을 택했습니다. 행복했던 그의 가정은 쑥대밭으로 변하고 말았습니다.

그러나 그의 아내는 강했습니다. 남편의 오해를 풀기 위해 최선의 노력을 다했고, 결국 남편이 한 일이 아니라는 것을 증명함으로써 억울하게 죽은 남편의 한을 풀어주었습니다.

남편의 죽음은 그녀와 두 아이에게 세상에서 가장 큰 슬픔과 고통을 주었지만 그녀는 그런 고난을 딛고 일어서 두 아이와 함께 열심히 살아가고 있습니다.

"운명보다 강한 것은 동요하지 않고 운명을 짊어지는 용기이다."

가이벨의 말입니다.

살다보면 운명보다 질긴 아픔에 괴로울 때가 있습니다. 그럴 때 운명의 그 노예가 되어 휘청거리며 방황한다면 그걸로 최후를 맞을 수도 있습니다.

삶을 성공적으로 살다 간 사람들이나 살고 있는 사람들 중엔 견딜 수 없는 실패와 좌절을 딛고 최선을 다한 끝에 다시 재기한 사람이 많다는 것을 잊어서는 안 될 것입니다.

아픔을 두려워하지 말아야 합니다. 오히려 행복을 주기 위한 전주곡으로 여기십시오. 인생은 아픔을 딛고 일어섰을 때 더욱 빛이 나는 것이니까요.

아픔을 두려워 마라.
주어진 길을 걸어가는 동안
아픔 없이 이루어지는 것이
어디 하나라도 있는가 보라.

새봄 푸르른 날

나무들이 꽃을 피울 수 있는 건

혹독한 겨울의 아픔을

온몸으로 견뎌냈기 때문인 것을.

아픔도 지나고 나면 희망이다.

– 〈아픔〉

34 나에게 묻는다

　　　　　　인류가 탄생한 이래 가장 중요한 화두
는 '인생이란 무엇인가?' '나는 누구인가?' 라는 의문입니다. 이러한
물음은 고대로부터 현대에 이르기까지 수없이 많은 철학자, 종교가,
사상가 등이 결론을 내기 위해 지혜를 모아왔습니다. 그러나 아직도
'이것이다.' 하고 명쾌한 해답을 내놓지 못하고 있습니다.

　나 역시 이에 대한 답안을 작성해보지만 역시 뚜렷한 결론을 내기
가 어려운 것을 보면 인생이란 참 한마디로 정의할 수 없는 심오한 존
재인가 봅니다.

　그런데 나는 여기에서 한 가지 깨달은 것이 있습니다. '나' 란 존재

가 매우 소중하다는 것을 알게 된 것입니다.

하는 일이 잘 안 되거나 삶이 너무 힘들어 고통스러울 땐 '나'란 존재가 너무 미약하다고 느껴져 스스로가 한없이 미워지곤 했습니다. 그래서 자신을 하찮게 여겼습니다.

그런데 위의 화두에 대해 생각을 집중하면서 나는 어디서 왔으며 어디로 가는 걸까, 그리고 이 세상에 온 이유는 무엇일까, 라는 생각을 하게 되었습니다. 그에 대한 답으로 내가 이 세상에 온 이유는 내가 해야 할 일이 있기 때문이며, 하나님으로부터 지명을 받았다는 것을 알게 된 것입니다. 그 후로부터 나는 스스로를 환대하기 시작했습니다. 그러면서,

'나는 중요한 사람이다. 그러므로 의미 있는 사람이 되어야 하고, 지명 받은 자로서 부끄럼 없는 삶을 살아야 한다. 또 나는 사랑받고, 사랑할 자격이 있다. 나아가 행복하게 살 권리도 있다. 고로 나 스스로를 아끼고 사랑해야 한다.' 라는 생각을 했습니다.

그러자 가슴속에서 나 스스에게 끊임없이 에너지를 보내주었습니다. 그 에너지는 나를 강하고, 긍정적이고, 능동적으로 만들어주었습니다. 아울러 교만한 생각을 버리게 하고, 겸손한 마음으로 사람을 대하게 했으며, 나와 관계된 사람들은 모두 나와 같이 소중한 사람이니

그들과의 관계를 더욱 돈독히 해야겠다는 생각을 하게 했습니다.

　나는 나를 존중하고 사랑합니다.

　때문에 내 생명이 다하는 날까지 나를 위해 쉼없이 노력할 것입니다. 어떤 고난과 시련에도 당당히 맞설 것이며, 뒤로 물러서지 않고 앞을 향해 나아갈 것입니다.

　우리는 저마다 하나님으로부터 지명 받은 소중한 존재임을 잊어서는 안 될 것입니다. 그러기에 자신을 최선을 다해 사랑하고 아껴야 합니다. 한번 뿐인 목숨, 한번 뿐인 인생을 금쪽같이 여기며 살아가야 합니다.

　삶은 두 번 다시 오지 않는 축복이니까요.

내가 태어나서

지금껏 나에게 가진 의문은

나는 누구인가, 라는 물음이다

나는 누구인가

그래서 나는 또 누구인가

저녁 달이 참 밝다

　　－〈나에게 묻는다〉

35 낮아지는법

자신을 감추기보다는 드러내기를 좋아하는 사람들이 많은 것 같습니다. 이은 자신의 강점이나 장점을 보여줌으로써 타인보다 우월하다는 것을 과시하려는 본능입니다. 다시 말하면 자신을 낮추면 상대방보다 자신이 못해 보인다는 생각을 하는 것입니다.

지금은 시쳇말로 자기 홍보시대입니다. 자신을 알리지 않으면 남에게 뒤처질지 모른다는 강박관념에 빠져 있기 때문인데 이것이 지나치면 안됩니다. 자기모순이라는 부메랑이 되어 자기를 때릴 수도 있습니다.

그러나 자신을 낮추는 겸허한 자세를 가지면 인생을 행복하게 즐기며 살 수 있습니다. 사람들은 자신을 드러내며 설치는 사람보다는 겸손하고 우호적인, 그래서 함께 더불어 살아갈 줄 아는 사람을 더 좋아합니다.

L이란 사람이 있습니다. 그는 자신보다 못한 후배를 도와주는 일을 매우 만족하게 여기는 사람입니다. 후배 K는 그런 그에게 강한 친밀감을 느끼며 친형처럼 따랐습니다.

그러나 자신보다 못했던 K의 형편이 현격하게 좋아지자 어느 날부터 L의 태도가 변하기 시작했습니다. 평소에 보이던 자상함과 친절함은 사라지고, K를 경쟁상대로 여기며 가까이 하는 것을 의도적으로 피했습니다. 영문을 모르는 K는 그 까닭을 물었지만 L은 끝내 그를 외면했습니다. 둘 사이엔 눈에 보이지 않는 장벽이 생기고 말았습니다. L은 자신보다 못한 후배를 좋아했지, 자신보다 우월한 후배를 좋아한 게 아니었던 것입니다.

나는 이를 '이기적 본능'이라고 말하고 싶습니다. L이 K에게 보여준 행동은 자기만족을 위해서였지 K를 진정으로 생각해서 한 행동은 아니라는 것입니다.

물론 사람들이 누구나 L과 같다는 것은 결코 아닙니다. 그런 경우도 있다는 것이지요.

자기 과시는 자칫 교만에 빠질 수 있고, 남의 눈살을 찌푸리게 할 수 있습니다. 그러니 자신을 낮춤으로써 상대방으로부터 신뢰와 존경을 받는 삶을 지향해야 합니다.

"오류誤謬 로 들어가는 길은 수없이 많다. 그러나 진리에 이르는 길은 단 하나이다."

루소의 말입니다.

역사상 오만했던 자들은 하나같이 불행한 최후를 맞았습니다. 오만이 불행의 늪으로 몰고 간 것입니다.

그러나 자신을 낮추고 겸허한 마음으로 산 사람들은 후세에 이름을 길이 남기는 영광을 안았습니다.

루소의 말처럼 잘못된 길은 도처에 있습니다. 하지만 진리에 이르는 길은 많지 않습니다.

성현들은 자신을 낮추는 일에 힘써야 한다고 강조했습니다. 낮아지는 것은 삶을 성찰하는 일이며, 성숙한 인격체로서 거듭난다는 의미이기도 합니다. 가진 자든 못 가진 자든, 배운 자든 못 배운 자든, 지

위가 높은 자든 낮은 자든, 자신을 낮추며 사는 것이 인생을 의미 있게
사는 것입니다.

낮은 곳에서
올려다보는 눈동자엔
오뉴월에 빛나는 햇살보다
밝은 소망이 있다

작은 손길로도
빈 가슴을 가득 채울 수 있는 것은
가벼움으로도 무거운 삶의 무게를
지탱할 수 있기 때문이다

낮은 곳에서
바라보는 그 모든 것들이
나드 향처럼 향기롭지 않아도
낮아지는 마음속엔

보이지 않는 곳에서도
느낄 수 있는 기쁨이 있다

비울 수 있고 그래서
그대의 소유가 더 가벼울 수 있다면
낮아지는 길로 걸어가야 하리
낮아짐으로써 높아질 수 있다면
더 낮추는 법을 배워야 하리

– 〈낮은 곳에서〉

Bravo Wonderful Life

자기 과시는 자칫 교만에 빠질 수 있고,
남의 눈살을 찌푸리게 할 수 있습니다.

36 사색으로 마음을 맑게 하라

　　　　　　　　　"그대가 만일 생각하지 않는 사람이
라면 그대는 무엇을 위한 인간인가?"

　　콜리지는 묻습니다. 또한 하리슨은,

　　"한 시간의 사색은 착한 행위가 없는 일주일의 기도보다 귀중하
다."

　　라고 했습니다. 콜리지와 하리슨의 말은 사색의 중요성을 집약적
으로 잘 표현하고 있습니다.

　　지구상에서 사유하는 동물은 인간밖에 없습니다. 물론 침팬지나
오랑우탄 같은 동물들도 도구를 이용해 먹이를 구한다고 합니다. 그

러나 그것은 어디까지나 단순한 행위에 불과합니다. 창의력이 있어 새로운 것을 발명하거나 연구하는 것은 언감생심焉敢生心 꿈도 못 꾸는 일이지요. 고대로부터 현재에 이르기까지 인류의 역사는 사색에 의해 이어져 왔고, 이어져 가는 것입니다.

사색은 창조의 원천이며 그것을 완성시키는 힘입니다.

사색이 없는 사람은 보다 나은 삶의 가치를 제대로 펼쳐나갈 수 없습니다. 사색하지 않는데 어떻게 새로운 것을 발견하고 이루어 낼 수 있겠는지요. 사색하지 않으면 삶은 퇴보합니다.

사색의 능력을 기르는 방법엔 여러 가지가 있습니다.

첫째, 찌든 일상에서 벗어나 무욕無慾의 마음으로 산에 오르는 것입니다. 산은 군자君子의 위용으로 온갖 것들을 품안에 안아줍니다. 산을 오르며 묵은 마음을 씻어버리는 것만으로도 가치 있는 사색의 시간이 될 것입니다.

둘째, 기도와 묵상을 통한 명상의 시간을 갖는 것도 좋은 방법입니다. 기도는 종교인들만의 전유물이 아니라 누구나가 다 할 수 있는 수양의 한 방법입니다. 시간과 장소의 제약 없이 마음만 먹으면 얼마든지 할 수 있습니다.

셋째, 독서를 통해 내면세계를 탄탄히 다지는 것입니다. 마음을 맑고 깨끗하게 정화시켜주는 데는 서정적인 시집이나 에세이가 좋습니다. 역사서나 지혜서는 물론 인문서적이나 철학서적도 좋습니다.

독서를 즐기기 바랍니다. 책을 읽고 나면 한결 머리가 맑아지고 마음이 풍족해지는 것을 경험하게 될 것입니다.

사색은 모든 것을 가능하게 하는 근원이며, 잠긴 문제를 푸는 열쇠입니다.

이상의 방법 중 자신에게 잘 맞는 것을 택해 실천한다면 한층 더 성숙하고 행복한 자신을 발견하게 될 것입니다.

나는 가끔씩 산에 오를 때 나의 참모습을 발견하곤 합니다. 물론 독서와 묵상을 하지만 산에 오를 땐 매우 색다른 경험을 하게 됩니다. 산은 그 자체만으로도 위안이 되며, 말이 없는 가운데 많은 얘기를 들려줍니다.

다음의 시는 어느 날 산에 오르던 중 문득 얻은 상념을 옮긴 것입니다. 늘 반겨 맞아주는 산이 너무 고맙고 감사해서 그 느낌을 담아 썼습니다.

산에 드니 잘 왔다고

푸른 나무들이 앞 다투어 서로 반긴다

방울방울 이마에 맺힌 땀방울을

산바람이 두 손을 펼쳐 닦아준다

그 어린 시절 어머니의 손길처럼 따스하다

여기저기 수묵화처럼 핀 꽃들은

고개를 쳐들고 환한 웃음을 짓고

물개암나무 밑 둥지 뒤에 숨어 쳐다보는 아기다람쥐

까만 눈망울 속엔 푸른 하늘이 걸려 있다

산에 들면 잡다한 생각이 사라진다

무겁게 짓누르던 힘겨운 삶의 무게도

아직까지도 버리지 못한 이기심과 탐욕도

하나둘씩 늘어만 가는 세월의 근심도

어느새 슬그머니 내 마음을 빠져나가 바람으로 흐른다

산에 들면 돈 한 푼 없어도 모두가 내 이웃이며 벗이다

눈치 볼 필요도 없고 격식을 차릴 필요도 없다

상하구분이 없고 부(富)의 편견이 없어서 좋다

오직 산을 즐기고 무언의 대화를 나누다 보면

나도 산이 되어 넉넉하다

산에 들면 모두를 다 잊고 가라 한다

산문山門 밖에 두고 온

찌든 마음과 숨기고 싶은 비밀까지도

모두 다 털어놓고 가볍게 가라 한다

– 〈산에 들면〉

Bravo Wonderful Life

사색은 모든 것을
가능하게 하는 근원이며,
잠긴 문제를 푸는 열쇠입니다.

37 나목裸木

　　봄이 되면 온갖 나무들은 저마다 꽃망울을 터트려 한껏 자태를 자랑합니다. 산과 들은 한 폭의 그림 같고, 그것을 바라보는 사람들의 가슴은 희망과 기쁨으로 출렁입니다.

　　여름이면 푸르다 못해 검은 빛이 감도는 나뭇잎으로 무더위를 피할 수 있는 그늘을 만들어 사람들에게 제공합니다.

　　가을이 오면 탐스러운 과일도 바칩니다. 어디 그 뿐인가요. 알록달록한 잎으로 흥을 돋워 사람들을 불러 모읍니다. 이처럼 나무는 계절에 따라 여러 모습으로 자신을 변화시키며 나무로써의 사명을 다합니다.

나는 겨울나무를 보면 왠지 숙연해지면서 그 가치를 한번 더 생각하게 됩니다. 겨울나무는 그 모습이 마치 해탈한 성자의 형상과도 같습니다. 혹독한 눈바람과 속에서도 꿋꿋이 자신의 자리를 지키고 서 있는 겨울나무. 마지막 잎새까지도 훌훌히 벗은 그 모습은 봄, 여름, 가을 어느 계절의 나무보다 추하거나 격이 떨어지지 않습니다. 벗어서 더 아름답습니다.

나는 이를 나목裸木이라 이름 지으니, 나 또한 나목처럼 살고 싶습니다. 나에게 주어진 길을 저급하지 않게 당당하게 걸어가렵니다.

벗어서 흉한 것이 있는가 하면

벗어서 아름다운 것이 있노니

저 산등성 아래 겨울나무를 보라

차디찬 겨울 하늘을 받치고 서 있는

저 거룩한 묵념앞에

누가 돌을 던질 것인가

  - 〈나목裸木〉

제4부

사랑하는
사람을위해
너의뜨거움을
바쳐라

38 사랑하는 사람을 위해
너의 뜨거움을 바쳐라

당신은

해질 무렵

붉은 석양에 걸려 있는

그리움입니다.

빛과 모양을 그대로

내가 가장 좋아하는 구름입니다.

그대는 나의 전부입니다.

부드러운 입술을 가진 그대여,

그대의 생명 속에는

나의 꿈이 살아 있습니다.

그대를 향한

변치 않는 꿈이 살아 숨 쉬고 있습니다.

사랑에 물든

내 영혼의 빛은

그대의 발밑을

붉은 장밋빛으로 물들입니다.

오, 내 황혼의 노래를 거두는 사람이여,

내 외로운 꿈속 깊이 사무쳐 있는

그리운 사람이여,

그대는 나의 모든 것입니다

석양이 지는 저녁

고요히 불어오는 바람 속에서

나는 소리 높여 노래하며
길을 걸어갑니다.

사랑하는 그대여,
내 영혼이
그대의 슬픈 눈가에서 다시 태어나고
그대의 슬픈 눈빛에서부터 다시 시작됩니다.

이 시는 파블로 네루다의 〈그대는 나의 전부입니다〉입니다.

그는 칠레가 낳은 세계적인 시인이자 외교관으로 노벨문학상을 수상했지요. 통치권자의 미움을 사 외국으로 떠돌면서도 언제나 뜨거운 가슴으로 희망을 노래하고, 자유와 평화를 기원했습니다.

나는 네루다를 생각할 때마다 남미의 위대한 혁명가, 체 게바라를 생각하곤 합니다. 왜냐하면 이 두 사람은 자신의 안위보다는 자유와 평화를 위해 자기의 젊음을 아낌없이 바쳤다는 공통분모를 지녔기 때문입니다. 그들은 자신의 미래를 자유와 평화에 걸고 고민하고 눈물을 흘리며 최선으로 살았던 휴머니스트이자 로맨티스트였습니다.

나는 그들처럼 혁명가는 되지 못했습니다.

그러나 시를 쓰고 글을 써서 우리의 청춘들에게 용기를 주고, 꿈을 주는 일을 하고 있습니다.

나는 글을 쓰는 것에 대해 언제나 자부심을 느낍니다. 그것은 내 의식을 바꾸고, 열정을 바치는 일이기 때문입니다. 누군가 내가 쓴 시, 또는 글을 읽고 잃어버린 꿈과 용기와 자신감을 찾을 수 있다면 더 없는 행복으로 여기겠습니다.

네루다는 이 시를 통해 사랑의 존귀함을 찬양하고 있습니다.

그가 표현대로 '그대는 나의 전부입니다.' 라고 말할 수 있는 사랑이 얼마나 값진 사랑인지 곰곰이 생각해보았습니다. 그리고 이런 결론을 내렸습니다. '나 자신을 바쳐 누굴 사랑한다는 것은 예나 지금이나 미래에도, 아니 영원토록 변하지 않을 최선의 행복'이라고.

우리의 청춘들이 이 시를 가슴에 품고 아름답고 존귀한 사랑을 했으면 좋겠습니다. 그래서 뜨거운 열정이 살아 흐르는 가슴을 갖는다면 더 좋겠습니다.

이 시를 여러 번 반복해서 읽으면 마음을 따뜻하고, 풍요롭게 만들어 줄 것입니다.

39 내가 사랑하는 시

삶이 비록 그대를 속일지라도

슬퍼하거나 노여워하지 마라

슬픔을 딛고 일어서면

기쁨의 날이 오리니

마음은 항상 미래를 지향하고

현재는 한없이 우울한 것

하염없이 사라지는 모든 것이여

한번 지나가 버리면 그리움으로 남는 것

나는 알렉산드로 푸쉬킨의 이 시, 〈삶이 그대를 속일지라도〉를 무척 좋아했고, 지금도 변함없이 좋아합니다.

이 시를 처음 접한 건 초등학교 5학년 때입니다.

그 철부지 시절에도 '삶이 비록 그대를 속일지라도/ 슬퍼하거나 노여워하지 마라/ 슬픔을 딛고 일어서면/ 기쁨의 날이 오리니' 라는 이 시구가 무척 감명 깊어 힘들고 어려운 일을 만나게 되면 기도문처럼 외우곤 했습니다. 그러면서 용기와 의지를 배우고, 새로운 힘을 얻었던 것입니다.

한 편의 좋은 시에는 쓰러져가는 삶을 일으켜 세우는 힘이 있습니다. 그런데 요즘은 시가 읽혀지지 않는다고 합니다. 참으로 애석한 일이 아닐 수 없습니다.

나는 독자들에게 정중히, 그리고 간곡히 권합니다.

시를 읽으십시오. 한 편의 훌륭한 시는 장편소설을 읽고 났을 때보다 더 큰 감동을 준다는 사실을 잊지 말기 바랍니다.

내가 사랑하는 또 한 편의 시입니다.

노랗게 물든 숲속에 두 갈래 길이 있었습니다.

몸이 하나니 두 길을 다 가 볼 수는 없어

나는 서운한 마음으로 한참을 서서

덤불 속으로 난 한쪽 길을

끝도 없이 바라보았습니다.

그러다가 다른 쪽 길을 택했습니다.

먼저 길과 똑같이 아름답고 어쩌면 더 나은 듯했지요.

사람이 밟은 흔적은 먼저 길과 비슷했지만

풀이 더 무성하고 사람의 발길을 기다리는 듯했으니까요.

그 날 아침 두 길은 모두 아직

발자국에 더럽혀지지 않은 낙엽에 덮여 있었습니다.

아, 먼저 길은 다른 날 걸어보리라 생각했지요.

길은 길로 이어지는 것이기에

다시 돌아오기 어려우리라 알고 있었지만

오랜 세월이 흐른 다음

나는 한숨지으며 이야기할 것입니다

"두 갈래 길이 숲속으로 나 있었다.

그래서 나는 사람이 덜 밟은 길을 택했고,

그것이 내 운명을 바꾸어 놓았다."

라고.

로버트 프로스트의 시, 〈걸어보지 못한 길〉입니다. 이 시 역시 읽을 때마다 인생에 있어 선택이 얼마나 중요한 것인가를 진지하게 생각해 보게 됩니다. 그 선택에 따라 삶의 결과는 현격한 차이를 보이지요.

내가 전업작가로 산 지 어언 10년이 되어가는군요. 몇몇 베스트셀러 작가를 제외하고 우리나라에서 전업작가로 살아간다는 것은 매우 힘들고 벅찬 일입니다. 우리나라의 독서시장이 미국이나 영국, 일본 같은 선진국에 비해 턱없이 열악하기 때문입니다. 그 근거로 우리나라 국민이 일 년에 읽는 독서량이 12권에도 못 미친다고 하는 사실을 들 수 있습니다. 일 년에 책을 한권도 읽지 않는 성인이 열 명 중 3명이라고 하니 참으로 안타까운 생각이 드는 건 어쩔 수가 없군요.

그럼에도 불구하고 내가 그 힘든 길을 선택한 것은 그것만이 내가 할 일이라고 느꼈기 때문입니다.

내가 전업작가가 된다고 했을 때 주변에서 많이 말렸습니다. 밥 굶기 십상이라는 거지요. 그러나 나는 두 귀를 닫아걸고 내가 선택한 길을 걸어왔습니다. 고백하건데 그동안 경제적으로 많은 어려움을 겪었습니다.

그러나 책 쓰는 열정을 버릴 수 없었습니다. 베스트셀러 작가가 아니면서 지금까지 버텨올 수 있었던 것은 글은 나의 목숨이고, 천직이기 때문입니다.

출퇴근이 없는 자유로운 시간이지만 나는 직장인들처럼 하루에 8시간 이상 글을 씁니다. 그렇게 하지 않으면 마음 자세가 흐트러질 수 있기에 내가 정한 원칙을 꼭 지키고 있습니다.

여기서 내가 정한 원칙을 소개하는 것도 좋을 듯합니다.

첫째, 하루에 8시간 글쓰기.

둘째, 하루에 최소한 2시간 독서하기.

셋째, 사색과 산책하기.

넷째, 밥은 하루에 두 끼만 먹기.

다섯째, 잠은 6시간만 자기.

이렇게 원칙을 지킨 덕에 시집, 소설, 동화, 동시, 교양서, 자기계발서, 자녀교육서 등 60여 권의 책을 내었습니다.

지금도 나에겐 꿈이 있습니다. 누구에게나 사랑받는 책을 내는 것입니다. 단 한 권만이라도 헤밍웨이의 〈노인과 바다〉나 톨스토이의 〈전쟁과 평화〉 같이 두고두고 읽히는 책을 내는 것이 꿈입니다.

독서력은 국력과 비례한다는 것이 나의 생각입니다. 국민들이 책을 많이 읽는 나라일수록 국력이 강하고, 그렇지 않을수록 국력이 약하다는 것입니다. 선진국 국민들의 독서량은 확실히 많습니다. 우리는 지금 선진국 문턱에 들어 섰는데 독서량도 딱 고만큼입니다.

우리나라가 진정으로 선진국에 진입하기 위해서는 GNP만 올려서는 안 됩니다. 미국만큼 되기 위해서는 미국 국민들보다 책을 더 읽어야 하고, 일본을 넘어서기 위해서는 일본 국민보다 더 많이 읽어야 됩니다.

특히 일본은 과거 삼국시대 때부터 우리나라로부터 문명을 전수받은 나라입니다. 말하자면 우리의 문화 속국이었습니다. 그랬던 그들이 지금은 우리나라보다 경제, 과학, 출판에 이르기까지 모든 면에서 월등하다는 것은 과거 문화국가로서의 위상에 누가 되는 일이니 참을 수 없는 아픔을 느낍니다.

우리나라가 미국과 일본을 비롯한 선진 국가를 넘어서기 위해서는 우리의 청춘들이 더 많은 책을 읽어야 한다는 생각입니다.

책을 홀대하는 국민치고 잘되는 나라 없습니다. 책은 드높은 정신을 키우는 보고寶庫며, 미래를 꿰뚫어 보게 하는 거울입니다.

나는 전업작가가 된 나의 선택을 존중합니다.

인생은 짧은 것 같지만 그렇지 않은 게 또한 인생입니다. 누군가의 말처럼 세상은 넓고 할 일은 많습니다. 우리의 청춘들이 자신에게 잘 맞는, 그래서 인생을 행복하게 잘사는 지혜로운 선택을 했으면 합니다. 자신의 인생은 누구의 것도 아닌 오직 자신의 것이므로.

Bravo Wonderful Life

한편의 좋은시에는
쓰러져가는삶을일으켜세우는
힘이있습니다.

40 지금의 내가
그때의 나였더라면

　　　　　　　　나이를 한 살씩 먹을 때마다 자꾸만
잘했던 일보다는 잘못했던 일들이 생각납니다. 나이를 먹는 현상인지
모르겠지만 가만히 생각해보면 꼭 그런 것만 같습니다.

　혹자는 말합니다.

　죽을 때 후회가 적은 사람이 인생을 잘 산 것이라고.

　전에는 이 말이 그렇게 실감나지 않았는데 지금은 하루에도 몇 번
씩 이 말을 생각할 때가 있습니다. 그러고 보면 내가 그다지 삶을 잘
살지 못했기 때문인가 봅니다.

　사람에겐 저마다 장점과 단점이 있습니다. 나 또한 마찬가집니다.

내가 생각하는 나의 단점, 아니 맹점盲點 몇 가지를 보기로 하겠습니다. 이 글에서는 잘한 것에 대해서는 언급을 하지 않으렵니다. 다만 나의 맹점을 보고 우리의 청춘들이 비켜가기를 바라는 뜻에서 입니다.

첫째, 나 스스로도 피곤한 완벽주의입니다.

나는 주변 사람들로부터 너무 완벽을 추구한다는 말을 많이 들었습니다. 그것은 때론 장점이 될 수도 있겠지만 나는 단점으로 말하는 것입니다.

이 지적에 대해 20대나 30대엔 거부반응이 일었습니다. 내가 완벽하게 하겠다는 데 무슨 잔말이냐는 식이었지요.

그러나 솔직히 내 자신도 나의 그런 스타일 때문에 피곤할 때가 많았음을 고백합니다. 그냥 적당히 넘어가면 되었을 일도 완벽주의로 그르친 일이 한두 번이 아니니까요. 그러니 내 주변 사람들이 나 때문에 많이 피곤했을 거라는 생각에 미안한 마음이 듭니다.

둘째, 타협을 좋아하지 않는다는 겁니다.

나는 내가 옳다고 믿는 일엔 절대로 물러서지 않았습니다. 백白은 백이고, 흑黑은 흑이라는 입장을 고수했습니다. 한 마디로 말해 융통성이 별로 없었습니다.

인간관계에서 가장 중요한 것 중 하나가 바로 융통성입니다. 그런데도 나는 머리로는 이해하지만 행동은 따라주지 못했습니다. 그래서 손해도 많이 보고, 오해도 사곤 했습니다.

셋째, 자존심이 너무 강한 것입니다.

나는 자존심이 누구보다도 강합니다. 그래서일까, 지는 걸 싫어하는 성격이 때론 나를 곤경에 처하게 했습니다. 내가 조금만 양보하면 떡이 될 것도 양보하는 것을 지는 것으로 알았으니까요. 그러다보니 주변 사람들은 나와 부딪치는 것을 경계하곤 했습니다.

또한 친구를 가려서 사귀는 통에 주변에 많은 친구들이 없습니다. 친구가 많다는 것은 자산이 많다는 것입니다. 그런 점에서 나는 인적 자산이 적은 것이지요. 그래서 종종 고독할 때가 있었습니다. 물론 천성적으로 고독을 즐기기도 했지만 때로는 너무 외롭기도 했습니다.

자존심이 강하다는 게 인생을 살아가는 데 득보다는 실이 더 많다는 것을 말하고 싶습니다.

넷째, 남의 실수를 쉽게 용납하지 못했습니다.

사람이 실수를 하는 건 있을 수 있는 일인데도 완벽을 추구하는 성격이다 보니 남의 실수를 잘 못 봐주었습니다. 넌 왜 그것도 제대로 못하냐는 식이었지요. 그러다보니 상대방은 이런 나를 야속하게 생각했습니다. 나 또한 실수를 밥 먹듯이 하면서 말입니다.

이런 모순적인 것이 얼마나 내 자신에게 치명적인 일인지 알면서도 나는 오랫동안 그 틀 속에 갇혀 있었습니다.

나는 20대, 30대 때의 자신의 맹점에 대해 솔직하게 털어놓았습니다. 이 모두가 앞에서 말했지만 우리의 청춘들에게 작은 도움이라도 되어야겠다는 생각임을 다시한번 밝힙니다.

지금은 남의 실수를 알아도 모른 척 적당히 넘어가주기도 하고, 내가 다소 손해를 보더라도 양보합니다. 또 적당한 선에서 타협도 하고, 좋은 것이 좋은 거라는 말처럼 마음을 비우기도 합니다.

만일 내가 지독한 에고이스트가 아니었다면 지금처럼 남을 이해하는 편에 서지 못했을 겁니다. 그러니까 단점들을 장점으로 바꾼 것입니다.

'물이 맑으면 물고기 살지 못한다.'는 말이 나로서는 너무도 듣기 싫은 말이었지만 지금은 그 말의 진정성을 믿습니다. 그리고 그 깨우침이 〈지금의 내가 그때의 나였더라면〉이라는 시를 쓰게 했습니다.

이 시를 읽고 나의 진정성 있는 고백을 받아들여 되도록 실수를 줄이고 자신을 잘 알고 살아가는 청춘이길 바랍니다.

지금의 내가 그때의 나였더라면
나의 옹졸함으로 나의 무능함으로
내가 사랑하는 사람들을
마음 아프게 하고 눈물짓게 하고
고통 속에서 헤매지 않게 했을 것을

그땐 나의 모든 것이 제일인 것처럼
나를 위한 조언도 충고도
배려도 관심도 다 헛된 것이라고
우쭐거리지는 않았을 것을

모든 것이 변하고 달라진
지금의 나를 되돌아보니
모든 것이 아쉽고 그리움으로 남아
가슴은 절절이 아픔에 젖는다

지금의 내가 그때의 나였더라면
왜 그랬을까, 왜 그땐 몰랐을까

바보처럼 못나게 굴지 않고

조금은 더 사랑하고 배려하고 아껴주고

그가 혹은 그들이 바라는 것들을 위해

조금은 더 따뜻한 손길로 부드러운 눈길로

이 길을 걸어오고 걸어갈 것을

모든 것은 지나고 나면 그리움만 남는 것

지금의 내가 그때의 나였더라면

조금은 더 간절하게 조금은 더 지극하게

내가 사랑하는 사람들을 사랑했을 것을

　　　　- 〈지금의 내가 그때의 나였더라면〉

41 그러나 쓰러지지 마라

음모를 숨기고 있는 것들은
겉으론 웃고 있어도
속은 날카로운 칼날을 숨기고 있다.

눈에 보이는
저 찬란한 것들의 미혹에 빠져
꼬리가 아홉 개 달린 것도 모르고
넙죽넙죽 받아들이지 마라.

그것이 너희 무덤이 되고
굴욕이 될 수 있으리니
탐욕은 언제나 감미롭고 향기로운 것.

보이는 것을
보이는 대로 믿지 못하는 것은
너희의 잘못이 아니다.

누군가를 쓰러트리지 않으면
내가 쓰러질 수밖에 없는
참담한 눈을 가진 가혹한,
너무나 가혹한 욕망의 비계덩어리들이
내뿜는 거칠고 드센 횡포인 것을.

그러나 쓰러지지 마라.
쓰러지는 순간 더는 네가 아니다.
살아서 끝까지 살아서
활짝 웃는 향기로운 꽃이 되라.

이 시는 나의 〈그러나 쓰러지지 마라〉입니다.

삶을 살다보면 자신의 의지와는 다르게 자신을 곤경에 빠뜨리는 일이 한 두 가지가 아닙니다. 자신은 정의를 말하나 불의한 것들에 의해 자신의 의지와 상관없는 길로 빠지기도 합니다. 그리고 자신을 방해하는 것들에 의해 철저히 생각과 의지가 봉쇄당하는 경우도 있습니다.

음모는 날카로운 이빨을 숨기고 있습니다. 웃고 있는 겉모습에 속아서는 안 됩니다. 눈에 보이는 찬란한 것들의 미혹에 빠지지 말아야 합니다.

그것이 때론 자신의 의지를 가둬버리는 무덤이 되고, 굴욕이 되게 한다는 것 또한 기억해야 합니다.

삶은 아름다우나 아름다운 삶을 지키기는 매우 어려운 현실에서 우리는 살고 있습니다. 특히 젊은 청춘들을 미혹하는 것들이 도처에서 날카로운 눈을 번뜩이며 주시하고 있습니다.

청춘이 아름답고 푸르른 것은 이상과 꿈이 싱싱하게 빛나고 있을 땝니다. 그런데 현실은 청춘들에게 너그럽지 못합니다. 88만 원 세대니, 인턴사원제니 하는 것이 마치 젊은이들이 감수해야 하는 관문인 것처럼 여겨지고 있습니다. 하지만 그런 일자리조차 구하는 것이 여의

치 않습니다. 실의에 찬 청춘들의 핏기 없는 얼굴이 가슴을 저리게 합니다.

그러나 나는 우리의 청춘들에게 권고합니다.

이럴 때일수록 중심을 견고히 해서 흔들리지 말고, 이겨내라고. 가끔씩 신문과 뉴스를 통해 보도되는 청춘들의 그릇된 판단으로 벌어지는 불미스러운 일이 마음을 아프게 합니다.

아무리 자신을 쓰러트리기 위해 부정한 생각들이 고통스럽게 해도 쓰러져서는 안 됩니다. 쓰러지는 순간 꿈을 영원히 잃게 될지도 모릅니다. 낙오되어 패배자로 살아가지 않으려면 끝까지 자신을 지켜내야 합니다.

나는 우리의 청춘들을 믿습니다.

나의 믿음이 헛되지 않다는 것을 우리의 청춘들이 반드시 증명해주리라 믿고 또 믿습니다.

42 생이 깊어질수록

생이 깊어질수록 삶을

뜨겁게 뜨겁게 끌어안고 살자

짜증나고 화나는 일도 조금씩만 더 참고

미워하고 시기하는 일도 조금씩만 더 줄이고

사랑하는 사람들을 위해 기도하자

남은 생이 짧아질수록

내가 하고 싶은 일을 조금 더 신나게 하고

사랑하는 사람을

조금 더 열정적으로 사랑하자

생은 되돌아 흐르지 않는 강물처럼

한번 가버리면 그만이지만

가는 세월도 되돌려 부둥켜안고

서로를 보듬어 용서하고 화해하고

조금만 더 즐기고 조금만 더 행복하게 살자

생이 우리 곁을 떠나 저만치 멀어질수록

조금은 더 역동적으로

조금은 더 꿈을 꾸면서

조금은 더 의연하게 양보하며 살자

생이 깊어질수록

눈물의 깊이는 더욱 깊어지는 것

그리하여 조금은 더 웃으며 손을 내밀어

지워도 지워도 다시 지우려 해도

지워지지 않는 사랑의 별이 되자

남은 생이 짧아질수록 마음이 경건해짐을 느낍니다. 내가 그렇게 생각하지 않아도 삶이 나를 그렇게 만든다는 것을 피부로 느낍니다. 삶을 경건하게 느낀다는 것은 생이 그만큼 깊어졌고, 깊어가고 있다는 것의 반증입니다. 그리고 이런 생각을 하게 됩니다. '한번 뿐인 삶을 내가 지향했던 이상理想대로 잘 지내왔는지, 또 스스로에게 부끄럽지는 않았는지.' 말입니다.

지금의 내가 20대의 내가 된다면 지난 날 나의 20대와 어떻게 다르게 살 것인지에 대해 생각하곤 합니다.

미국의 시인 롱펠로우가 말했듯이 세월은 날아가는 화살입니다. 빠르기는 흐르는 강물이며, 귀하기로는 금과 같습니다.

기성세대들은 흔히 그 때 좀 더 잘했었더라면 지금보다는 더 나은 내가 되었을 텐데 하고 말합니다. 그만큼 지난 시절에 대한 아쉬움이 많다는 것입니다.

나 역시 마찬가집니다. 그 때 내가 좀 더 잘 했더라면 친구에게 마음의 상처를 주지 않았을 텐데, 조금은 더 나은 내가 되었을 텐데 하고 반성하곤 합니다.

삶은 누구에게나 공평하다는 것을 일러주고 싶습니다.

어느 날, 내 책의 독자라며 어떤 청년이 전화를 했습니다. 그는 자신이 너무 억울하다고 말했습니다. 친구는 부모 잘 만나서 38평 아파트에, 자가용에, 가게를 운영하는데 자신은 아르바이트를 2개나 해도 늘 빠듯하다면서 삶이 너무 불공평하다고 했습니다. 나는 그의 우울한 마음을 먼저 위로해주는 것이 필요하다고 느끼고 나 또한 그렇게 생각한 적이 있었다고 말했습니다. 그러자 청년은 정말 그런 생각을 했던 적이 있었냐고 되물었습니다. 나는 누구나 한번쯤은 다 그런 생각을 하는 거라고 말했습니다. 그러자 그는 다소 위안이 되는 눈치였습니다.

나는 청년에게 부모를 잘 만남 그 친구도 삶이 불공평하다고 느끼는 게 분명 있을 거라고 말해주었습니다. 사람은 어떤 환경에서도 부족함을 느끼는 존재이니까요.

그는 자신의 얘기를 끝까지 들어줘서 고맙다며 이제는 더 이상 삶이 불공평하다고 생각하지 않겠다고 말했습니다. 나는 그가 참 똑똑한 청년이라고 생각했습니다. 왜냐하면 자신의 생각을 쉽게 바꾼다는 것은 그리 쉽지 않은데 말귀가 참 밝았기 때문입니다.

삶을 좀 더 경건하게 받아들이는 자세가 필요합니다.

앞에 소개한 시는 나의 〈생이 깊어질수록〉이란 시입니다. 이 시엔 나의 이런 생각들이 잘 담겨져 있습니다. 내가 느끼고 경험하여 체득한 생각들을 고스란히 담았기 때문입니다.

　나는 이 시를 읽은 청춘들이 삶을 좀 더 소중하게 받아들일 거라고 믿습니다.

짜증나고화나는일도
조금씩만더참고
미워하고시기하는일도
조금씩만더줄이고
사랑하는사람들을위해기도하자

43 불편한 진실에 길이 보이지 않을 때

서점에서 책을 고를 때

나는,

진한 행복을 느낀다

새로 나온 신간을 대할 땐

사랑하는 사람을 만날 때처럼

가슴 설렌다

더욱이 내가 원하는 책을

손에 쥐게 될 땐
짜릿한 격정이 일기도 한다

서점 가는 길이 나를 즐겁게 하는 건
생각과 생각이 이어지고
상상과 상상이 만들어 내는
그 절묘한 문해文海를 사어思魚가 되어
유유자적할 수 있기 때문이다

서점을 단순히 서점으로 보지 마라
서점은 진실의 서고書庫이다
삶이 고단하고
불편한 진실에 목이 마를 땐
서점으로 가라

서점으로 가서 책과 만나라
책과 질펀하게 사랑을 벌이다 보면
꽉 막혔던 생각이 사르르 열리며

새로운 길이 보일 것이다

나는 자신이 부족함을 느낄 때나 무언가를 알고 싶은 욕망에 사로잡힐 때, 해야 할 일이 막막해 질 땐 서점으로 갑니다. 그곳에서 몇 시간씩 새책을 보고나면 답답했던 가슴이 풀어집니다. 그리고보면 서점은 나의 위안처이며, 휴식처입니다.

내가 원하던 책이나 새로 나온 책을 보게 되면 너무도 마음이 좋습니다. 마치 연인을 만났을 때처럼 황홀한 기분에 사로잡히지요. 그리고는 마음껏 상상의 나래를 펼치며 책의 바다에서 생각의 물고기가 되는 즐거움을 만끽합니다. 나는 이런 나의 마음을 이렇게 표현했습니다.

서점 가는 길이 나를 즐겁게 하는 건
생각과 생각이 이어지고
상상과 상상이 만들어 내는
그 절묘한 문해文海를 사어思魚가 되어
유유자적할 수 있기 때문이다

서점이 자꾸 문을 닫는다고 합니다. 이유는 사람들이 책을 읽지 않기 때문이지요. 나는 그런 소식을 들을 때마다 소중한 것을 잃는 아쉬움에 젖습니다.

　우리 청춘들에게 책을 많이 읽으라고 정중히 권면합니다.

　내일을 이끌고 갈 우리의 청춘들이 책을 읽어야 희망이 더욱 밝아집니다. 서점을 제 2의 집으로 여기는 마음으로 아끼고 사랑해주었으면 합니다.

　나는 백발이 성성한 올드 맨이 되어서도 서점을 순례하는 즐거움을 누리며 살아갈 겁니다.

　책은 나의 소중한 연인이니까요.

44 물이되어

물이 되어 흐르고 싶다

멈추지 않는 그 질긴

인내심을 본받고 싶다

물이 되어 떠나고 싶다

편견 없이 하나가 되어

그곳을 향해 주저 없이 가고 싶다

물이 아름다운 건

끝없이 흐르면서도 변함이 없다는 것
그리고 자신의 가슴으로
모두를 받아들이는 너그러움이 있기 때문

물이 되어 흐르고 싶다
서로 만나 하나가 되는
그 끈질긴 응집력을 배우고 싶다

물은 고여 있을 때 비극적이다
스스로 쉼없이 흘러갈 때
물은 비로소 물이 되는 것이다

〈물이 되어〉라는 나의 시입니다.

물은 한없이 부드러우면서도 그 어떤 것보다 강한 힘을 가졌습니다.

또한 모든 것과 잘 섞이고, 어울리는 조화로움을 지녔습니다. 쌀이든 밀가루든 커피든 녹차든 시멘트건 진흙이건 무엇이든 간에 물과 만나면 한없이 부드러워집니다.

물이 쌀과 만나면 맛있는 밥이 되고, 밀가루를 만나면 부침도 되고, 수제비도 되고, 국수가 됩니다. 커피를 만나면 맛있는 음료가 되고, 시멘트를 만나면 견고하고 탄탄한 콘크리트가 되어 집이 되고 다리가 됩니다.

물은 모든 물질과 잘 어울리는 표본입니다.

물은 창조적이며 생명의 근원입니다.

물이 닿는 순간 풀이 자라고, 나무가 자라고, 물고기들이 숨을 쉬며, 생명 있는 모든 것들의 피가 됩니다.

그러나 물이 한번 성을 내면 그 어떤 것도 단숨에 부수어버리고, 쓸어버립니다. 물은 부드러움과 강함을 함께 하는 이중성을 지녔습니다.

"단단한 돌이나 쇠는 높은 데서 떨어지면 깨지기 쉽다. 그러나 물은 아무리 높은 곳에서 떨어져도 깨지는 법이 없다. 물은 모든 것에 대해서 부드럽고 연한 까닭이다. 저 골짜기에 흐르는 물을 보라. 자기 앞에 있는 모든 장애물에 대해서 스스로 굽히고 적응함으로써 줄기차게 흘러 드디어 바다에 이른다. 사람도 적응하는 힘이 그와 같아야 운명에 굳센 것이다."

노자의 말입니다.

그렇습니다. 우리 인생도 물과 같아야 합니다.

그 어떤 사람도 감싸줄 수 있고, 아우를 수 있는 물과 같은 사람, 그가 진정 강한 사람입니다.

45 따뜻한 밥은 위대하다

　　　요즘 사람들의 최대 관심사는 어떻게 하면 부자가 될 수 있는가에 집중되어 있는 것 같습니다. 여기를 가도 저기를 가도 온통 돈 버는 일에만 혈안이 되어 있는 듯합니다. 예전엔 돈, 돈, 하면 겉으로야 그렇지 않지만 속으론 '어유, 저 속물, 그저 매사에 돈돈이지.' 라며 흉을 보았습니다. 그런 사람은 가볍게 여기며 경계를 했습니다.

　　그런데 지금은 돈 버는 일에 탁월한 사람은 우상으로 대하며 그들을 닮으려고 갖은 애를 다 씁니다.

　　서점에는 돈을 잘 버는 방법에 대해서 쓴 책들이 산더미처럼 쌓여 있고, 그런 책들은 불황에도 불티나게 팔리고 있습니다. 돈은 모든 이들의 꿈이며 궁극적인 목적이 되었습니다.

하기야 돈이 있어야 밥을 먹을 수 있고, 옷도 사 입을 수 있고, 집도 차도 살 수 있습니다. 어디 그 뿐인가요. 돈이 있어야 행세를 할 수 있고, 어디를 가든 대접 받을 수 있습니다. 또 돈이 있어야 기부금도 낼 수 있고, 정치인도, 대학 교수도, 의사도, 그 무엇도 될 수 있습니다.

하지만 돈을 금고에 쌓기 위해 세금을 포탈하고, 악행을 저지르고, 물불을 가리지 않는 이들을 보면 돈은 사람의 마음을 병들게 하는 독毒이라는 생각이 듭니다. 그렇게 해서 번 돈으로 먹는 밥은 육신의 피가 되고 살이 될지는 몰라도 영혼을 좀먹는 독이 될 게 분명합니다.

정직하게 일하고 땀 흘려서 번 돈으로 밥을 먹어야 합니다.

나는 한 때 밥을 대수롭지 않게 여긴 적이 있습니다. 그 땐 전업 작가로 활동하기 전, 직장 생활을 할 때입니다. 매달 25일이 되면 통장으로 봉급이 입금 되었습니다. 비록 부자는 아니지만 보통 사람들처럼 때맞춰 외식도 하고, 문화생활도 즐기고, 철이 바뀔 때마다 가족여행을 다니곤 했습니다.

그러다 직장을 그만두고 전업 작가로 활동하면서 경제적으로 어려운 일을 겪고 나선 새삼 '밥'이 얼마나 소중한 존재인지를 뼈에 사무치게 느꼈습니다.   지금도 밥에게 미안할 때가 종종 있습니다.

우리가 늘 먹는 밥, 그 밥을 짓는 쌀.

한 톨의 쌀을 얻기 위해 농부의 손길이 아흔아홉 번이나 간다고 합니다. 그렇게 정성을 들여 추수한 쌀이니 소중한 건 당연하지요. 그런데 그처럼 귀한 쌀로 지은 밥을 그 까짓 밥이라고 천대하며 우습게 여기는 것은 밥에 대한 모독입니다.

밥을 세 끼만 굶어보세요. 등에서 식은땀이 나고, 다리가 후들거리며, 눈이 뱅뱅 도는 것을 경험하게 될 것입니다. 그러고나면 배고픈 것이 얼마나 슬프고 서러운 일인지 알게 됩니다.

밥은 목숨을 지켜주는 생명의 원천입니다.

나는 말합니다.

밥은 종교보다 거룩하고, 본능보다 우월하다고.

밥의 고마움을 잊지 말아야겠습니다. 밥이 위대하다는 사실을 잊고 사는 것은 오만입니다. 밥 앞에 경거망동하지 말아야 합니다.

밥에게 늘 겸손하고, 머리 숙여 기도하십시오.

따뜻한 밥은 종교보다 깊고 엄숙하다.

밥은 인간의 원초적 본능보다 우선한다.

한 그릇의 밥을 깔보지 마라.

밥 속엔 과거와 현재와 미래와

온 우주의 숨결이 스며 있고

창조주의 긍휼과 은총이 알알이 맺혀 있다.

한 그릇의 밥을 무시하지 마라.

밥은 권력을 능가하며 많은 권력자들도

밥 앞에 무참히 쓰러졌다.

밥은 삶의 율법이다.

밥 앞에서는 만인이 평등해야 한다.

이 룰이 깨어졌을 때 세계의 역사는

여지없이 무너져내렸다.

부끄러움 없이 밥을 먹을 수 있다는 것은

정녕, 행복한 일이다.

때때로 삶이 낯설게 느껴진다는 건

삶이 떳떳치 못할 때다.

밥 앞에 부끄러움이 없어야 한다.

밥 앞에서 떳떳하면 성공한 인생이다.

따뜻한 밥을 먹어야 한다.

감사한 마음으로 미소를 지으며

먹을 수 있는 은총에 감사해야 한다.

따뜻한 밥은 종교며 본능이며 미래이다.

따뜻한 밥은 위대하다.

밥 앞에 머리 숙여 경배하고 경배하라.

- 〈따뜻한 밥은 위대하다〉

Bravo Wonderful Life

정직하게 일하고
땀흘려서번돈으로
밥을먹어야합니다.

46 하루

　　　　　　　　하루는 시간으로 치면 24시간입니다.
분으로 환산하면 1,440분이고, 초로 환산하면 무려 86,400초입니다.

　　그러나 이런 하루를 대수롭지 않게 생각하는 사람이 있습니다. 하
루라는 숫자를 하찮게 여기기 때문입니다.

　　'쇠털 같이 많은 게 날짜인데 뭐.' 라고 생각하는 사람들에게는 어
쩌면 하루는 대수롭지 않을지도 모릅니다. 하지만 시간에 쫓기며
사는 사람에겐 하루는 매우 소중한 시간입니다.

　　하루는 결코 짧은 시간이 아닙니다. 하루에도 수많은 일들이 일어
나고, 수많은 새 생명이 태어납니다. 또 수많은 것들이 새롭게 만들어

지고 있습니다.

이렇듯 수많은 역사가 새롭게 쓰여 집니다.

하루는 단지 작은 숫자로 그치는 하루가 아닙니다. 하루가 모여 한 달이고, 일 년이고, 백년입니다. 나아가 영원으로 이어지고, 영원으로 가는 영원 속의 영원인 것입니다. 그러니까 과거와 현재와 미래를 이어주는 징검다리인 것입니다. 이치가 이러한데 어떻게 하루를 대수롭지 않게 여길 수 있을까요.

톨스토이는,

"시간이란 없는 것이다. 다만 있는 것은 일순간一瞬間뿐이다. 그리고 그 일순간에 우리의 전 생활이 달려 있다. 그러므로 이 일순간에 우리의 모든 힘을 발휘하지 않으면 안 된다."

라고 말했습니다.

우리의 전 생활이 일순간에 달려있다니, 톨스토이의 말대로 하루는 무척 큰 의미가 있다는 것을 알 수 있을 것입니다.

하루!

하루가 인생에 있어 최선의 시간이 될 수 있도록 해야 하지 않을까요. 하루를 잘 쓰는 자가 인생의 승리자가 될 것입니다.

하루는 누구에게나 공평하게 주어진

시간의 거울이다

하루는 누구에게는 한없이 짧고

또 누구에게는 싫증나도록 지루하다

하루라는 시간 속에서 수많은 사람들이

꿈을 엮어나가고 새롭게 태어나고 생을 마감한다.

하루는 창조의 시간이기도 하고

죽음의 시간이기도 하다

하루가 이어져 영원이 되고

그 영원은 하루가 있어 존속한다

시간을 아껴 쓰는 이에게 하루는 금싸라기이나

시간을 허비하는 사람에게 하루는

바람에 흩어지는 겨와 같다

하루가 있어 내일이 있고

내일이 있어 또 그 내일이 있다

하루는 영원을 이어주고 영원으로 가는

영원 속의 영원이다

- 〈하루〉

Bravo Wonderful Life

하루를 잘 쓰는 자가
인생의 승리자가 될 것입니다.

47 시인의 의무

　　　　　　　　　　나는 내가 시인이라는 게 너무 행복
합니다. 이 세상에 존재하는 수만 가지 직업 중에서 시인 −어떤 이들
은 시인은 직업으로 보지 않는 경향이 있지만 나는 시인도 직업이라
고 생각한다. 그 이유는 프로의식을 가져야 한다는 의미에서다.−이란
타이틀은 가끔씩 나를 전율하게 합니다. 얼마나 빛나고 생동감 넘치
는 말인가요.

　시를 쓸 수 있는 것은 나에겐 크나큰 축복입니다. 그런 만큼 나는
시인으로서 사뭇 무거운 책임감을 느낍니다. 왜냐하면 시를 어떻게
쓰느냐에 따라 독자들에게 미치는 영향이 크기 때문입니다. 그런 까

닭에 진정성 있게 시를 쓰려고 노력하고 있습니다. 그러기 위해서는 갖추어야 할 마인드가 있어야 한다고 믿습니다. 내가 생각하는 시인 으로서의 마인드입니다.

첫째, 시인은 민족과 조국 앞에 정의로워야 합니다.

둘째, 거짓이 있어서는 안 됩니다.

셋째, 정직하고 올곧은 마음을 지녀야 합니다.

넷째, 늘 의식이 깨어 있어야 합니다.

다섯째, 항상 공부하고 사색해야 합니다.

이 다섯 가지는 시인이 반드시 갖춰할 마인드라는 게 나의 소신입 니다.

나는 사람들의 가슴 속에 사시사철 꿈과 행복, 이상과 정의, 평화 와 소망이 넘쳐흐르는 시를 쓰고 싶습니다. 억지로 멋들어진 시구를 만드느라 작위적인 표현과 꿰맞추기 식의 시는 쓰고 싶지 않습니다.

요즘 시는 더 이상 문학으로써 존재하기가 위태로울 지경입니다. 독자들은 시로부터 멀어져 갔고 시는 시를 쓰는 사람들만의 전유물로 전락했다고 해도 과언이 아닙니다.

이러한 현상에 대해 시를 안 읽는 독자들의 책임이라고 항간에선 말하곤 하는데 그건 잘못이라는 생각입니다. 그것은 시를 형편없이 쓰는 사람들의 책임이라고 생각합니다. 물론 흥밋거리를 좇아가는 독자들에게도 문제가 있지만, 어디까지나 일차적인 책임은 시인들의 잘못이라고 생각합니다.

시는 절대적 감성으로 쓰는 것이고, 그것이 이성과 적절하게 조화를 이루어야 사유의 참 맛을 느끼는 것입니다. 그런데 너무 난해하고 말장난 같은 언어유희로 치닫다 보니 독자는 흥미를 잃어버려 시에서 멀어지는 것입니다.

시는 학문도 아니고 이론도 아닙니다.

시는 삶의 외침이며, 가슴을 따스하게 하고, 사유케 하는 언어의 예술입니다. 갈증을 느낄 때 마시는 한 잔의 시원한 물과 같습니다.

또한 시는 영혼의 노래이며, 샘물입니다. 물이 오염되면 그 물을 먹은 사람도 오염이 되는 것처럼 영혼을 오염시키거나 감동을 주지 못하는 시는 더 이상 시가 아닙니다. 그것은 정서와 이성을 혼란시키는 언어의 장난에 불과할 뿐입니다.

시를 쓰는 이들 중 끼리끼리 서로의 시를 추켜세우고 홍보하기에 여념이 없는 경우를 볼 땐 구역질이 납니다. 그들은 자신들의 시만 참인 것처럼 굽니다. 패거리근성을 지닌 우리나라의 문단 실정으로는 노벨문학상을 수상한다는 것은 멀고 아련한 일일지도 모릅니다.

또한 우리나라 문학은 시든 소설이든 너무 무겁고 칙칙합니다. 그래야 잘 쓰는 것처럼 여깁니다. 하지만 내가 보기에는 그릇된 편견이며 독자들을 무시하는 오만에 불과하다고 생각합니다.

일본의 경우를 보겠습니다. 일본 소설은 매우 가볍고, 경쾌하고, 활기찹니다. 독자들은 이런 소설을 좋아합니다. 그래서 서점 소설 코너 중 절반은 일본 소설들이 차지한 지 이미 오래입니다.

일본 소설은 순수소설이니 판타지소설이니 연애소설이니 추리소설이니 무협소설이니 하는 것 따위에 구애받지 않습니다. 그들은 어떤 소설이든 읽는 사람들에게 의미를 주고, 무언가를 남길 수 있다면 그대로를 인정하고 수용합니다. 즉 문학의 다양성이라고 할 수 있습니다. 문학의 다양성을 인정하고 수용한 그들은 가와바타 야스나리와 오에 겐자부로 같은 노벨문학상 수상 작가를 2명이나 배출했습니다.

그러나 앞에서도 잠깐 언급했지만 일본 문단에 비해 우리 문단은 순수문학만을 문학으로 인정하고 고집합니다. 간단히 말하자면 문학의 획일성이지요. 뮤지컬, 영화, 연극, 미술, 음악은 모두가 다양성을 요구하고 그에 따르기 위해 동분서주하는데, 시대의 흐름을 무시하고 꽉 막힌 생각을 갖고 있는 사람들이 문단의 중심에서 좌지우지하고 있으니 우리 문학이 우물 안 개구리에 불과한 것은 지극히 당연한 일입니다.

고루하고 낡은 사고방식으로는 더 이상 문학의 미래가 보이지 않습니다. 참으로 부끄러운 작태가 아닐 수 없습니다.

나는 그러한 시류에서 일찌감치 벗어나 나만의 시 쓰기를 하고 있습니다. 내가 쓰고 싶은 대로, 내 마음의 중심에서 울려나오는 대로 시를 써왔습니다. 누구도 의식하지 않았고, 평단의 눈치를 살피지도 않습니다. 그러다보니 패거리활동에 익숙하지 못합니다. 그래서 가끔 외롭고 쓸쓸할 때도 있습니다.

그러나 내가 선택한 시 쓰기 방식을 후회하지 않습니다. 그래도 내 시를 아끼고 사랑해 주는 독자들이 있고, 수많은 인터넷 카페에 내 시가 올려져 있는 걸 보면 그저 감사할 따름입니다.

나는 앞으로도 시련과 고통으로 방황하는 이들에게 꿈과 용기를 주는 시를 쓰고, 슬픔에 잠긴 이들에겐 위안을 주고, 사랑에 상처 입은 이들에겐 다시 사랑할 수 있는 마음을 갖도록 도움을 주는 시를 쓰기 위해 노력할 것입니다. 그리고 나아가 더 큰 소망이 있다면 내가 좋아하는 김소월의 〈진달래〉, 윤동주의 〈서시〉, 파블로네루다의 〈그대는 나의 전부입니다〉, 푸시킨의 〈삶이 그대를 속일지라도〉, 로버트 프로스트의 〈걸어보지 못한 길〉처럼 두고두고 읽히는 시를 단 한 편만이라도 남기고 싶습니다.

독자들이 읽지 않는 시는 더 이상 시가 아닙니다. 그것은 죽은 시입니다. 그런 시집은 시집이 아니라 시의 무덤일 뿐입니다.

시가 살아야 합니다.

시가 죽으면 우리의 서정도 꿈도 다 죽습니다.

시를 아끼고 사랑했던 독자들이여, 그대들을 시로부터 멀어지게 했던 시인들을 용서하지 마십시오. 그러나 한편으로는 그들이 다시 본래의 자리로 돌아올 수 있게 격려와 조언을 아끼지 않았으면 합니다.

시는 우리의 영원한 삶의 노래며 이상입니다.

다음은 나의 시 〈새-시詩에 대하여〉입니다.

그 언제인지 모를 그 언제로부터

내 가슴속엔

이름 모를 새 한 마리 살고 있었네.

내가 그 일찍이 만나 본적이 없는
눈빛이 서럽도록 까만
한 마리 작은 새.

이른 아침 햇살보다
더 맑은 소리로 날아와
나를 일깨우던
물기가 촉촉이 배어나는 새여.

어느 때부터인가
나는 그 새에 의지하여
내 작은 생生을 노래하고 있었네.

그토록 시들거리던 햇살도
내 시야를 바람처럼 벗어났던
침묵의 숲도 푸른 날개를 펴

내 마음, 빈 방을 향하여
새가 되어 날아 왔네.

새 한 마리가 이토록
삶을 경건케 하다니
이는 은총 중에
놀라운 은총인 것을.

– 〈새 – 시詩에 대하여〉

청춘,
자신을 존중하고 축복하라

2011년 8월 15일 초판 1쇄 인쇄
2011년 8월 20일 초판 1쇄 발행

지은이 김옥림
펴낸이 임종관
펴낸곳 미래북
신고번호 제 302-2003-000326호
주소 서울특별시 용산구 효창동 5-421호
전화 02-738-1227
팩스 02-738-1228
이메일 miraebook@hotmail.com
ISBN 978-89-92289-39-9   03810

• 잘못된 책은 본사나 서점에서 바꾸어드립니다.
• 본사의 허락 없이 임의로 내용의 일부를 인용하거나 전재, 복사하는 행위를 금합니다.
• 저자와 협의하여 인지는 생략합니다.
• 책값은 뒤표지에 있습니다.